아무튼, 계속

아무튼, 계속

김교석

위고

차례

내가 시간을 마주하는 방식

언젠가부터 정해진 울타리 안에서 똑같은 일상을 반복하며 살고 있다. 늘 같은 시각 같은 길로 출퇴근을 하고, 집에 돌아오면 똑같은 순서대로 화분을 돌본 후 요일별로 정해놓은 집 안 정리를 한다. 그러고 나면 대략 7시 반, 야구를 보거나 라디오를 들으며 간단히 저녁을 챙겨 먹는다. 월수금의 경우 9시 반 수영을 다녀오고, 돌아와서는 요일별로 정해놓은 TV 프로그램과 미드를 챙겨 본다. 샌안토니오 스퍼스 경기가 있는 날은 1년에 20만 원 정도 주고 결제한 리그패스로 한 번 더 돌려본다(2017년부터 14만 원 정도로 할인됐다).

혼자 사는 사람에게 서울의 밤은 야식과 충동구매 같은 유혹들이 가득한 거친 세상이다. 이미 사놓은 음식을 그냥 버릴 수는 없으니, 내일부터 다이어트를 시작하겠다는 다짐을 하며 콜라와 함께 콘칩, 꽃게랑(와사비 맛), 자갈치 같은 클래식한 과자들을 찬장에서 꺼낸다. 덕분에 8년째 점심과 저녁 식단을 조절하고 있지만 몸무게는 변화가 없다. 마감이 있는 날은 두어 시간 일을 한 다음 스트레스를 핑계로 인터넷 쇼핑에 심취한다. 그러면 평균 새벽 서너 시. 이제 침대로 가서 옆에 쌓아둔(여전히 읽지는 못하지만) 일본 매거진하우스사의 『popeye』, 『Casa BRUTUS』

같은 잡지나 스페인의 『apartamento』 과월호를 뒤적이며 해소했던 물욕을 다시 충전한다. 이제 정말 잘 시간이다. 눈을 감고 늘 하는 상상을 하다가 잠이 든다. 그리고 대략 아침 8시, 빌 머레이의 <사랑의 블랙홀>처럼 이 모든 일상은 또다시 반복된다.

물론 주말은 색다르게 보낸다. 토요일은 9시에 일어나 기상 앱으로 그날의 미세먼지 상황을 체크한다. '보통'이나 '좋음' 사인이 떨어지면 이불과 한 주간 쌓인 빨래를 돌린다. 하절기의 경우 즐거운 주말을 망치지 않기 위해서는 옥상 빨랫줄을 아침 일찍 선점해야 한다. 우리 건물 할머니들은 주중에도 집에 계시면서 꼭 빨래는 주말에 돌리시기 때문이다. 그리고 11시에서 1시 사이에 일주일에 한 번 하는 주간 청소를 한다. 주 6일제로 학교 생활을 시작해서 그런지 일요일은 보다 여유롭게 지내는 편이다. 전날 빨래를 해결했다면, 늦잠을 푹 자고 10시쯤 일어나 프렌치프레스로 내린 연한 커피에 스콘을 곁들이며 하루를 시작한다. 토요일에 별다른 문제가 없었다면 집안일은 가급적 하지 않고, 특별한 약속도 잡지 않는다.

월별 스케줄도 마찬가지다. 4월이 되면 꽃과 새로운 식물 모종을 들이고 10월이 되면 분갈이와 거름 작업을 하며 겨울 날 준비를 한다. NBA가 개막하는

10월부터는 나만의 새해가 시작된다. 부모님 생신 이외에는 가능한 특별한 스케줄을 만들지 않지만, 크리스마스는 조금 특별하다. 어린 시절 동생과 함께 저 우주 어딘가에 있으리라 믿었던 크리스마스 별을 관측하며 놀던 때를 떠올리며 11월 말이면 집 어딘가에 조그마하게라도 크리스마스 장식을 한다(아마도 당시 미국 어린이 영화들에 큰 영향을 받았던 것 같다. 교회는 다니지 않는다). 생일은 연애를 하지 않는 한 특별히 챙기지 않는다.

자기만의 확고한 일상의 루틴으로 가장 유명한 인물은 칸트다. 그는 평생 여행 한 번 안 가고, 정해진 시간에 산책을 할 만큼 규칙적이고 반복적인 삶을 살았다고 한다. 칸트는 건강이 좋지 않아 규칙적인 생활을 습관화했다고 하는데, 나의 경우는 정서적인 차원에 연유가 있다. 어떤 나태함도 일상에 침투하지 못하도록 예방하는 경계 태세이자 흘러가는 세월을 최대한 끌어안으며 살고 싶은 내가 시간을 마주하는 방식이다.

어린 시절, 친구들이 장난감이나 야구 대신 닌텐도나 PC 게임에 하나둘 빠져드는 것을 보면서 처음으로 혼자 뒤에 남겨진 듯한 아련함을 느꼈다. 친구들과 함께 열광했던 장난감들은 거실에서 치워졌고, 우리가 함께 놀던 놀이터는 못 보던 어린것들이 차지하기 시작했다. '성장'이라는 궤도의 존재를 모르는 건 아니지만 철이 든다는 표현이나 나이에 맞게 정해진 타임테이블이 그냥 마뜩잖았다. 라디오에서 '추억의 무슨 무슨 차트' 등을 들으며 과거를 추억하는 것도 나쁘진 않지만 가능하다면 아련함을 남겨두지 않고 아예 모든 시간을 끌어안고 살고 싶었다. 그래서 누군가 한참을 달리다가 뒤를 돌아봤을 때 동구 밖 과수원길 아카시아 꽃처럼 늘 그 자리에 있는 사람이 바로 나였으면 좋겠다고 생각했다. 어차피 흐르는 시간은 가만히 있어도 움직이는 무빙워크와 같다면 굳이 그 위에서 더 빨리 가겠다고 걷지 않겠다는 뜻이다. 그러다 보니 대략, 이렇게 살게 됐다.

나는 여덟 살, 열여덟 살, 스물여덟 살 때의 나를 사진첩에서 만나고 싶지 않다. 가족과 살다가 지금은 혼자 살고 있고, 대구에서 서울로 거주지도 바뀌었지만 매일 등교할 때 마주했던 아파트 현관 유리로 쏟아져 들어오는 아침 햇살과 상쾌한 공기를 매일 아침 똑같이 느낄 수 있길 바란다. 어린 시절 학원에서 돌아올 때 봤던 햇빛과 달빛과 가로등 불빛이 어우러진 어스름, 꼬마부터 아저씨까지 분주하게 제 갈 길을 가는 사람들의 풍경이 오늘 퇴근길에서도 여전하다는 데 안도한다. 그렇게 세월이 흘렀어도 매년 어김없이 계절이 변하는 냄새를 느낄 수 있다는 게 내겐 굉장히 큰 행복이다.

물론 알고 있다. 달력에는 SF영화에나 나올 법한 낯선 숫자들이 찍혀 있고, 거울에 비친 얼굴은 중력의 법칙을 입증한다. 특정한 시기를 함께 관통한 친구들은 대부분 곁에 아내와 자식을 두고 보금자리를 마련했다. 나는 늘 같은 자리에 있으려 노력하거나 혹은 그럴 수밖에 없었는데 나를 둘러싼 세상은 저만큼 앞서 나갔다.

그렇다고 은둔하는 히키코모리는 아니다. 일에서 오는 성취나 스트레스나 자존감은 직장에 두고 퇴근할 뿐이다. 대신 내가 매일 걷는 길과 자주 들르는 빵집과 단골 세탁소가 몇 년 동안 그 자리에 그대로 있다는 사실에 감사하고, 언제나 변함없이 정돈된 집 안 풍경에 편안함을 느낀다. 빈티지 문화나 취향에는 전혀 관심이 없지만, 나와 함께 시간을 보낸 것들은 소중히 여긴다. 그래서 아무리 군핍해져도 한번 인연을 맺은 물건은 중고나라에 팔지 않는다. 한강을 좋아하는 이유도 서울에 올라온 이후 달라지지 않은 유일한 풍경이기 때문이다. 이런 것들이 하나둘 쌓이고 모이면서 지금의 일상이 됐다.

독서는 목적이 있다. 지식을 쌓거나 지혜를 넓히기 위해서, 아니면 재미나 위로를 얻기 위해서, 그것도 아니면 취미가 독서라고 둘러대기 위해서… 어쨌든 저마다 이유가 있다. 뭐, 요즘은 그 어떤 이유로든 책을 읽지 않긴 하지만. 그런데 아쉽게도 이 책에서는 그 무엇도 찾을 수 없다. 혼밥족이 공유할 만한 정보나 라이프스타일의 제안도 없다. 최대한 있는 것들을 다 끌어안고 살아가자는 이야기라서 '욜로'와도 대척점에 있다. 동시대를 함께 살아가는 사람들을 위로해줄 정서적 치유 따위는 당연히 없다. 재미는 취향의 문제라 여지를 남겨 두고 싶지만 아마도 특별한 효용을 찾긴 어려울 것 같다. 그래서 미리, 누군가, 어쩌다, 이 글을 보게 된 당신에게 심심한 양해를 구한다.

일상을 유지하기 위해 해야 하는 것들

: 어제와 같은 오늘,
그리고 오늘과 똑같은 내일을 위해

수영

일주일에 세 번 수영장에 간다. 6년째 다니고 있는 월수금 저녁 9시 반 수영은 내 일상의 가장 대표적인 루틴이다. 그사이 선생님도 여러 번 바뀌었고, 회원들도 매달 들어왔다 나가길 반복했지만 그 시간 그 자리에 나는 늘 있었다. 수영에 대한 열정이나 성취감이 대단해서가 아니다. 미취학 아동일 때부터 배워온 터라 별다른 의욕은 없다. 몇 해 전 여름, 물놀이가 너무 하고 싶었다. 휴양지에 갈 처지는 안 됐고, 대안으로 찾은 것이 수영 강좌 등록이었다. 그리고 대부분의 내 이야기가 그렇듯 관성이 붙었다.

월수금은 약속이나 야근을 철저하게 피한다. 퇴근하자마자 화분 관리를 하고, 건조한 날이면 수건이나 흰 빨래를 세탁기에 돌린다. 그리고 ⟨배철수의 음악캠프⟩를 들으며 나베 요리를 변형한 저녁을 간단히 차려 먹으면 대략 8시. 야구를 보면서 40분간 쉬다가 수영장에 간다(금요일에는 이 시간에 플레이모빌 청소를 한다). 이 루틴을 어기는 경우는 거의 없다.

수영 강습은 흥미로운 시간이다. 선생님의 통솔하에 함께하지만 물속에서는 오롯이 혼자만의 시간이다. 혼자이지만 외롭지 않은, 사람과 사람 사이의 그 적당한 간격이 유지되는 게 좋다. 수영장을 찾은 이유가 5성급 리조트 대신 물놀이를 하기 위해서였기 때문에 기록 단축, 누군가를 따라잡거나 맨 앞에 서기 위한 경쟁의식 등은 관심 밖이다. 유일한 목표는 조식 시간에 호텔 수영장에 온 사람처럼 최대한 물을 튀기지 않고 물살을 가르는 우아함과 여유로움이다.

즉, 속도를 높이려고 애쓰기보다는 모든 수영의 기본 원리인 'stay in stream line'을 추구한다. 수면 가까이에 몸을 최대한 길게 뻗고 띄워서 저항을 최소화한 다음 미끄러지듯 나아가려고 노력한다. 몸에서 힘을 빼고 상체와 머리를 물에 맡기듯 푹 던져 담그면 상체의 부력으로 인해 자연히 하체가 뜨게 된다. 이렇게 무게 중심을 앞에다 두고 팔은 지렛대라 생각한다. 물을 젓거나 미는 게 아니라 가능한 많은 물을 안는다는 기분으로 천천히 스트로크하면서 몸통의 회전력을 동반해 앞으로 미끄러져 나아간다. 발차기는 회전을 돕는 용도의 가벼운 2비트 킥만을, 손끝은 수면에서 30도 정도의 각으로 꽂아 넣듯이 입수시켜 무게중심이 더욱 앞으로 쏠리게끔 만들어 추진력을 높인다. 대부분 TI(Total Immersion) 영법에서 가져온 원리다. 물고기처럼 수영하자는 모토를 내세우는 이 영법은 물을 즐긴다는 측면에서 훌륭한 포인트를 제시한다.

일상성을 추구하는 나는 승부욕이나 한계 극복의 의지가 아예 없기 때문에 머슬카처럼 강력한 출력으로 빨리 치고 나가는 대신 롤스로이스처럼 부드럽고 편안하게 미끄러지듯이 물을 가르는 데 집중한다. 그리고 물속에서는 눈을 감고 물에 몸을 맡긴다. 마치 우주인이 무중력의 우주를 유영하듯이 스르륵 미끄러지면서 온몸의 세포에 집중한다. 그렇게 물살을 가르다가 어느 순간 물과 하나가 되면서 전혀 다른 세상에 나 혼자 떠 있는 기분이 든다. 진정한 '물아일체'의 해탈이다. 그렇게 물속을 우주인이 유영하듯이 떠다닐 때 머릿속의 번뇌와 갖가지 스케줄은 사라지고 마음도 물과 하나가 된 것처럼 투명해진다. 수영은 칼로리 소모가 많은 액티비티한 운동이지만 내게는 요가처럼 명상 수련인 셈이다.

끝으로, 같은 반에 오래 머물다 보니 깨달은 사실이 있다. 수영장 회식은 되도록 안 하는 것이 좋다. 때로는 반을 활성화시키기도 하지만 대체로 회원들에게 이런저런 부담이 되어 반을 폭파시키는 주범이 된다. 무엇보다 그렇게 어울리다 보면 운동 본연의 목적은 모호해지고 정해진 스케줄에 큰 위협이 된다. 수영이 일상의 루틴으로 자리 잡을 수 있었던 가장 큰 이유는 늘 같은 시간 같은 장소에 모이는 다양한 인간 군상들이 일본 영화에서처럼 독특하면서도 일상적인 풍경을 자아내기 때문이다. 세대도 성별도 제각각이고 하는 일, 심지어 이름도 모르지만 가볍게 인사를 나누고 수영이나 날씨 이야기를 주고받는 데서 느낄 수 있는 적당한 온기, 그런 온기를 느낄 수 있는 이웃의 존재는 오늘 하루도 평온하게 살았다는 왠지 모를 안락함을 준다. 적당한 거리감과 따뜻함이 공존하고, 그 속에서 어제와 별반 다르지 않은 오늘이 반복된다. 수영장은 이런 적당함이 절묘하게 균형을 맞춘 궁극의 일상이 살아 숨 쉬는 공간이다.

동네 세탁소

우리 동네 '화이트 크리닝'은 아침 8시에 열어 밤 11시에 문을 닫는다. 일요일을 제외하고 주 6일, 연중으로 따져도 여름휴가 사흘과 명절 당일 정도를 제외하곤 쉬는 법이 없다. 평범한 주택가 바로 앞에 쇼핑몰과 주상복합 아파트가 들어서고, 연와조 건물이 징크와 노출 콘크리트 상가 건물로 바뀌며, 동네 미용실과 슈퍼만 있던 골목이 스페셜티 커피를 취급하는 카페들과 편의점, 고깃집, 필라테스 짐 등으로 바뀌는 동안 화이트 크리닝은 여전히 그 자리에 똑같은 모습으로 있었다. 간혹 피치 못할 약속으로 늦게 귀가하거나 여행에서 돌아오는 길에 변함없이 다림질을 하고 계신 사장님의 모습을 보면 '아 이제 일상으로 복귀했구나'라는 안도감과 안정감을 얻곤 했다. 화이트 크리닝은 내가 그 동네에 정을 붙이고 살 수 있었던 가장 일상적이고 인상적인 동네 풍경이었다.

나는 세탁소를 자주 들락거렸다. 옷을 많이 사는 편이라 수선할 일도 많고, 특히 여름철에는 셔츠를 한 번만 입고 바로 세탁을 맡기기 때문에 일주일에 두어 번은 화이트 크리닝 사장님을 뵙게 됐다. 그렇게 면을 쌓으면서 세탁소를 들르지 않아도 인사를 나누는 사이가 됐다. 출근길에 세탁소의 열린 문 틈 사이로 사장님 부부와 아침 인사를 나누면서 활기찬 하루를 시작했고, 퇴근길을 환히 밝히는 세탁소의 불빛은 별일 없이 하루를 마치고 돌아온 나를 반기는 듯했다. 평온한 일상을 원하는 내게 그렇게 가벼운 안부를 물을 수 있는 동네 이웃의 존재는 소중했다. 언제든 늘 그 자리에 머물러 있는 존재, 하루에 10초 정도 마주치는 사이지만 웃으면서 인사를 나눌 수 있는 누군가가 주는 안락함은 동네에 정을 붙이고 살아가는 데 큰 도움이 됐다.

함께 살던 누나와 동생도 알고 계시다 보니 시집을 간다거나 취업을 했다거나 하는 소식도 전하고 이런저런 살아가는 이야기도 하게 됐다. 이번에 생긴 카페는 월세가 얼마라더라 같은 부동산 정보를 비롯해 최근 이사 온 연예인 이야기 등 세탁소는 동네 소식을 나누는 장이었다. 그러면서 사장님의 나날이 커가는 고민도 알게 됐다. 아무래도 젊은이들이 동네에 대거 유입되면서 과거에 경험하지 못한 종류와 방식의 컴플레인이 늘어난 거다. 무엇보다 바로 옆 편의점에서 테이블을 밖에 내놓다 보니 새벽에 술 한잔하며 담배 피우는 젊은 사람들 때문에 세탁소로 담배 냄새가 들어오는 게 최대 현안이었다. 안내문을 써놓아도 소용이 없다고 했다.

이런저런 일을 겪은 사장님은 요즘 젊은 여자 손님들의 기가 보통 센 게 아니라는 말씀을 자주 하셨다. 그러면서 사귀는 사람이 있는지는 아예 물어보지도 않으시고, '앞으로 있을지 모를' 내 연애를 진지하게 걱정해주시곤 했다. 왜 그렇게 당연하게 솔로라고 생각하셨는지는 여전히 모르겠다. 어쨌든 서주경의 〈당돌한 여자〉가 나온 지도 벌써 20년이나 지난 마당이니 사장님의 말씀에 맞장구를 쳐드리진 못하고 그 마음만은 감사히 받았다.

그러다 이사를 가게 됐다. 사실 이사를 갈 수밖에 없는 상황이 오래전에 벌어졌지만 경제적으로 손해를 보면서도 최대한 유예를 했다. 그리고 결국 그동안의 일상을 마무리해야 하는 시간이 다가왔다.

오랜만에 이사를 준비하면서 나름의 해야 할 일들 목록을 정리했다. 각종 요금 정산은 물론이고, 그동안 주말에 산책하던 길, 수영장 가는 길, 분식집, 편의점, 무인양품과 맥도날드 등 일상의 루틴에 자리했던 동네 구석구석과 이런저런 나름의 작별 인사를 나눠야 했다. 그리고도 뭐가 그리 어색하고 허했는지, 이사를 간 후에도 한동안은 퇴근길에 옛 동네에 들러 이전의 퇴근 루트를 따라 걸었다.

목록의 상단에는 당연히 화이트 크리닝 사장님과의 작별 인사가 있었다. 하지만 쉽지 않았다. 이사가 결정된 후에도 세탁물을 들고 몇 번이나 찾아갔지만 왠지 입이 떨어지지 않았다. 마실 것이라도 들고 찾아뵈어야 하나 싶다가도 어쩐지 유난스러운 것 같고, 이사를 간다고 말하는 순간 지금의 일상과 결별하는 마침표를 스스로 찍는 것 같기도 했다. 그렇게 미루고 피하다 보니 결국 사장님께 인사를 드리지 못하고 이사를 떠나게 됐다.

그리고 지난 4월 말, 겨울옷을 정리하다 스웨터 몇 점을 가방에 넣고 화이트 크리닝을 찾아갔다. 오랜만이라는 인사를 나눈 후, 사실은 두 달 전에 이사를 갔다고 말씀을 드렸다. 그런데 사장님의 반응은 생각보다 덤덤했다. 어디로 갔는지만 물어보시고 더 이상은 묻지 않으셨다. 그러면서 8년 만에 처음으로 가게 전화번호가 적힌 스티커를 챙겨주시면서 옷 찾으러 오기 이틀 전에만 연락을 달라고 했다. 그전까지는 밀린 겨울옷을 맡기면 봄여름은 한창 바쁠 때니까 그냥 가을까지 두라고 하셨으니 꽤나 이례적인 반응이었다. 예상과는 전혀 다른 전개였다. 그런데 생각해보니 이것이야말로 정말 세탁소 사장님과 손님 간의 지극히 일상적인 관계가 아니고 뭐겠는가.

4월 이야기

매년 봄기운이 느껴질 때쯤 ‹4월 이야기›를 본다. 이와이 슌지가 마츠 다카코를 위해 만든 소품 같은 영화로, 홋카이도 시골에 사는 여고생이 짝사랑하는 선배를 만나기 위해 그가 진학한 것으로 알려진 도쿄 근교 무사시노 대학에 입학한다는 짧은 이야기가 줄거리의 전부다. 사실, 특별한 이야기는 없고 등장인물도 많지 않다. 대신 흩날리는 벚꽃과 마츠 다카코의 싱그러운 미소, 그리고 낯선 세상에 첫발을 내딛을 때의 두려움과 설렘을 눈부시게 따사로운 햇살 속에 담고 있다.

이 영화를 처음 본 순간이 아직도 생생하다. 수능시험이 얼마 남지 않은 쌀쌀한 가을날, 모처럼 가족들이 모두 집을 비운 어느 일요일 오후였다. 딱 봐도 순정만화 느낌이라 취향과는 거리가 멀었지만 러닝타임도 짧고, 이와이 슌지의 영화니까 본다는 의무감으로 그냥 빌려왔다. 그런데 살짝 시린 첫사랑의 아련함과 오늘은 왠지 무슨 일이 일어날 것만 같은 풋풋한 캠퍼스의 낭만이 메마르고 지친 수험생의 마음을 적셨다. 학창 시절 내내 왼쪽 가슴엔 주다스 프리스트의 트윈 기타와 슬레이어의 더블 베이스 드럼을, 오른쪽 가슴엔 빅 엘과 우 탱 클랜이 읊조린 거친 뉴

욕 거리의 삶을 좌우명으로 삼고 살았다. 연애는 어른들이나 하는 행위라 치부하던 때였다. 그러니 이런 감정은 느껴서도 안 되는데, 이 끌림은 뭘까, 부끄러울 만큼 혼란스러웠다.

비디오를 반납하러 비디오가게에 들렀다 돌아오는 길에 새로운 동네를 호기심 어린 눈으로 산책하는 마츠 다카코 흉내를 내며 10년째 살고 있는 동네 여기저기를 돌아다녔다. 물론, 영화 속과는 전혀 다른 풍경과 기온이었지만 가슴속에서 벚꽃 흩날리는 무사시노의 봄이 느껴졌다. 그리고 '서울'이란 두 글자가 점점 더 크게 속삭이기 시작했다. 그랬다. 이와이 슌지의 의도와는 매우 다르게, 대구의 한 고3 수험생에게 ⟨4월 이야기⟩는 입시의 전의를 다지는 프로파간다 영화였다.

2000년 비디오로 처음 본 뒤, CD에서 DVD로 다시 avi 파일로 저장 매체가 네 번이나 바뀐 지난 17여 년 동안 군복무 기간을 제외하고 매년 봄이 올 즈음 ⟨4월 이야기⟩를 꺼내 봤다. 대사를 외우는 것은 물론이고 카레밥의 맛까지 느낄 수 있을 정도로 반복해 보면서 스포츠머리 고교 시절 느꼈던 바람내음, 새로운 출발대 앞에 선 이른바 청춘의 감정을 마주한다. 매년 반복하는 일종의 의식을 통해 세상은 엄청나게 바뀌었지만(특히 영화와 현실 속 풍경의 차이가 해가 갈수록 벌어지고 있다. 자전거는 빈티지 모델이라 쳐도, 스마트폰이나 라인 메시지가 등장하지 않는 벌써 20년 전 이야기다) 나는 여전히 같은 자리에 있음을 한 번 더 자각(착각)하고 안심한다.

누군가는 소오름 돋는 과거지향적 인간이라거나 악취미라 느낄 수도 있겠다. 그런데 주주클럽의 내가 사랑을 했던 모든 사람과 순간들을 언제까지나 사랑하고 살겠다는 가사처럼 지나간 시간을 덮어두거나, 가끔 사진을 꺼내 보고 추억하기보다는 내가 느낀 감정들을 어제도 오늘도 내일도 늘 느끼고 싶고, 확인하고 싶다. 따라서 〈4월 이야기〉를 보는 것은 과거의 나와 현재의 나와 미래의 나를 연결하는 고리 같은 거다. 물론, 굳이 연결하고 살지 않아도 전혀 문제가 없지만, '먹고살다 보니…' 어쩌고 같은 핑계나, 나이가 몇인데, 혹은 어른이란 말로 내가 느낀 소중했던 순간과 기억을 뇌 저 구석에 처박아 넣고 싶지 않다. 그때 그 순간, 그 시절에만 느낄 수 있는 감정은 너무 쉽게 휘발되니 우리는 매우 유의해야 한다.

2005년, 처음 도쿄를 방문했을 때 다른 관광지

는 제쳐두고 무사시노부터 찾아갔다. 보통 이럴 경우 기대와 현실이 차이가 나야 정상인데 영화에서 본 것과 거의 비슷한 아기자기하고 조용한 동네가 눈앞에 펼쳐졌다. 공원 벤치에 앉아 할머니와 어린 손자가 캐치볼을 하는 풍경 뒤로, 자전거를 탄 연인들이 큰 나무 사이를 지나가는 한가로운 일상을 바라보고 있자니 <4월 이야기>의 따사로운 장면들이 더욱 사랑스럽게 느껴졌다. 다행이었던 건, 유명 관광지인 지브리 박물관이 지척에 있어서 일행에게 별다른 욕을 먹지 않았다.

그 후로도 무사시노를 몇 차례 다녀온 다음 뒤늦게 안 사실인데 사실 <4월 이야기>는 단 한 컷도 무사시노에서 찍지 않았다. 대신 무사시노 인근 세타가야구에서 주로 촬영했다. 벚꽃 흩날리는 육교를 자전거 타고 지나가는 장면은 구니타치 역 남쪽 출구 앞에서 쭉 내려가야 나오는 곳이고, 마츠 다카코가 사는 아파트와 동네 풍경은 도쿄에서 내가 제일 좋아하는 산겐자야에서 두어 정거장 아래 동네인 사쿠라신마치다(아파트는 몇 년 전 철거됐다). 포스터에 등장하는 빨간 우산을 들고 있는 거리와 짝사랑 선배가 일하는 서점은 당시 조성된 신도시인 지바현 마쿠하리

베이타운이다. 촬영지로 쓰인 서점이나 마츠 다카코의 아파트는 없어졌지만 다행히 육교와 거리들은 20년이 지난 지금도 그때 분위기 그대로 남아 있다.

닌자가 되고 싶었다

일상의 항상성을 높이는 기술이 몇 가지 있다. 가능한 약속을 만들지 않고, 업무나 학업에 필요 이상의 욕심을 내지 않으며, 요일별 해야 할 집안일들, 예컨대 날씨가 좋은 주중 저녁에는 햇빛 건조가 필요 없는 수건을 빤다는 식의 루틴들을 매뉴얼화 하는 것이다. 모두, 평온한 일상을 위협하는 예외 상황을 최대한 억제하기 위한 방법들이다.

그런데 이런 식의 엄격한 통제만으로는 일상의 항상성을 유지하기란 대단히 어렵다. 참고 견디면서 하는 다이어트가 힘든 것과 같은 이치다. 무엇보다 자기가 만든 루틴을 지키는 데 스트레스가 쌓인다면 그건 평온한 일상을 위한 것이라 할 수 없다. 그러니 이런 잔기술에 앞서 스스로를 항상성이 높은 체질로 바꿔야 한다.

살면서 정신력을 강조하는 이야기를 많이 들었겠지만, 대부분 그릇된 가르침이다. 정신과 육체는 분리할 수 있는 이원적 개념이 아니다. 무엇보다 거꾸로 됐다. 정신이 육체를 지배하는 일은 극히 드물지만, 체력이 떨어지면 정신력은 십중팔구 흔들린다. 일상의 항상성도 마찬가지다. 규칙을 정하고 그것을 따르기 위해 온 신경을 집중하는 일종의 집념은 오래 가지 못한다. 대신 외모부터 어제와 오늘과 내일이 별반 다른 느낌이 들지 않도록 일상성을 갖추고, 다른 사람들이 나를 봤을 때 어제 봤는지 며칠 전에 봤는지 기억이 가물가물하도록 낮은 존재감을 체화하는 것이 항상성을 지속시키는 근원이라 할 수 있다.

다행스럽게도 나는 어렸을 적부터 닌자가 되고 싶었다. 초등학생 시절 〈닌자 키드〉라는 비디오를 감명 깊게 본 영향 탓인데, 겉으로 보기엔 평범해 보이지만 부모님도 모르는 비밀을 감추고 사는 닌자 삼형제가 멋있고 부러웠다. 나도 그들을 따라 침대 밑에 이런저런 장난감 무기와 편의점에서 산 미제 캔 사탕과 스니커즈 바 같은 것들을 숨겨두고 밤에 몰래 꺼내 먹으며 나만의 의식과 비밀을 만들어갔다. 물론 영화와 현실은 달랐다. 닌자 키드들이 사는 미 서부의 목조주택과 달리 우리나라 아파트의 난방 시스템은 온돌인 까닭에 아끼느라 얼마 먹지도 못한 사탕이 녹아 흘러 장판에 끈적하게 눌어붙어서 엄마한테 크게 혼났던 기억이 있다.

이런 작은 시련을 겪기는 했지만 그 후에도 나는 단 한 번도 닌자의 정체성을 잊은 적이 없다. 그 덕분에 어느 자리를 가든, 어느 모임에 참석하든 미미한 존재감을 획득할 수 있었다. 분명 함께 그 자리에 끝까지 남아 있었지만 몇 달 후, 혹은 1년 후 같은 모임에 가면 왜 지난번에 안 왔느냐고 다들 반가워한다. 다른 사람들의 기억 속에서 나는 한쪽 구석 어딘가에 놓여 있던 흔하디흔한 산세비에리아 화분과 마찬가지인 거다.

나의 일상의 루틴 중 하나가 쇼핑이다 보니 남자치고 옷을 많이 사는 편이다. 하지만 주변 사람 대부분이 내가 옷을 좋아한다거나 많이 산다는 사실을 전혀 모른다. 균일한 일상을 중시하다 보니 옷차림도 최대한 변화를 느낄 수 없게 코디하기 때문이다. 주로 무채색 계열의 톤 온 톤으로 맞춰 입고, 아웃도어가 아닌 다음에야 브랜드가 겉면에 드러나는 옷은 절대로 입지 않는다. 절개가 들어간 디자인이나 튀는 패턴의 옷도 물론 고르지 않는다. 가장 경계하는 일은 새 옷을 입은 첫날 들키는 것이다. 그래서 아우터가 아니라면 새 옷은 모두 빨아서 입는다. 이런 기준 속에서 옷을 고르고 입다 보니 옷장에는 회색 스웨트셔츠, 셀비지 진, 목넥(mock-neck) 티셔츠, 샴브레이 셔츠 등 비슷비슷한 옷들만 가득 있다.

어제와 같은 오늘, 오늘과 같은 내일을 모토로 사는 사람이라면 주변이 아니라 자기 자신부터 고요

해야 하는 법이다. 늘 똑같은, 변함없는 하루를 바란다면 닌자처럼 스스로를 감추고 드러내지 않을 줄 알아야 한다. 일상의 관성과 항상성은 별일 없이 사는 잔잔함에 매력이 있기 때문이다. 보이지 않을 정도로 미약한 존재감은 늘 변함없이 사는 일상의 궁극이라 할 수 있다. 장난스럽게 생각할 것이 아니다. 닌자다움이야말로 항상성을 유지하는 필살 비기다.

20분의 법칙

항상성 높은 일상을 유지하기 위해 가장 중요한 것은 루틴이다. 자기만의 루틴을 마련한다는 것은 자신의 일상을 지키고 가꾸겠다는 다짐이다. 살다 보면 생각보다 많은 유혹에 노출되고 휩쓸린다. 바빠서, 스트레스를 받아서, 실연을 해서, 기분 좋은 일이 생겨서, 심지어 배고파서인 경우도 많다. 그런데 루틴은 일종의 일상 지킴이랄까, 온갖 사정과 예상치 못한 상황들이 빚어내는 예외의 유혹이 피어날 틈을 주지 않는 터프한 보안관이다.

리버풀 FC의 멘탈 코치 겸 정신과전문의 스티브 피터스는 자신의 책에서 뇌를 인간의 물리적인 힘으로 맞설 수 없는 침팬지라고 규정한다. 5분만 더 자고 일어나자는 유혹에 빠지는 이유, 다이어트에 실패하는 이유, 작심삼일을 반복하는 이유가 뇌의 힘을 당하지 못하기 때문이라는 거다. 그런데 루틴만 만들어 놓으면 뇌가 침팬지건 슈퍼맨이건 돌연변이건 상관없다. 타협의 상대도 여지도 없기 때문이다. 루틴은 신성불가침의 도그마다.

일상 루틴의 제1조항은 정해진 루틴에 의문을 허락하지 않는 것이고, 제2조항은 예외 없음이다. 어떤 상황, 어떤 사정, 어떤 감정의 돌발 변수에도 흔들림 없이 무조건 따라야 하는 정언명령과도 같다. 협상의 여지는 아예 없다. 민주적인 의사 결정이라든가 철학가의 끊임없는 회의는 필요 없다. 정했으면 토를 달지 않고 지키려고 애쓰기만 하면 된다. 보도블록을 걷거나 횡단보도를 건널 때 같은 색만 밟는다든가, 맨홀을 오른쪽으로 피한다든가, 버스나 계단에 오를 때 내딛는 첫발은 무조건 왼발로 정하면 수만 번의 상황이 반복되어도 늘 똑같이 대처할 수 있다. 이런 간단한 루틴을 두고 예전에는 징크스라 부르기도 했고, 일각에선 강박 증세로 분류한다고도 하는데 전문의와 상담한 내용은 아니니 확언은 못하겠다.

　나에게도 일상을 유지하는 H빔과 같은 루틴이 몇 가지 있다. 그중 하나가 바로 '20분의 법칙'이다. 이름까지 붙였다는 건 꼭 지키겠다는 의지의 표현이다. 별다른 건 없다. 긴 시간 외출을 하고 집에 돌아왔을 때 최소 20분은 옷만 갈아입고 무조건 집 안 정리를 하는 거다. 밤샘 근무를 하고 왔든, 어쩔 수 없이 모임에 나갔다가 술을 마시고 새벽 2시에 왔든, 격한 운동을 하고 녹초가 돼서 돌아왔든 예외는 없다. 예외는 방심하면 금방 퍼지는 잡초와 같다. 피곤하다고, 귀찮다고, 일단 쉬고 보자고 한 번 두 번 몸을 그냥 누이기 시작하면 그게 얼마 후 새로운 루틴이 되고 만다.

집에 들어서면 옷만 갈아입고 20분간 집안일을 한다. 전날 널어놓은 빨래를 갤 수도 있고, 일찍 퇴근한 날이면 흰 빨래를 돌릴 수도 있고, 조명 펜던트같이 먼지가 잘 쌓이는 물건들의 먼지를 털 수도, 수요일 저녁 일과처럼 진공청소기를 돌릴 수도 있다. 설거지 해놓은 그릇과 조리도구를 제자리에 정리해놓거나, 분리수거를 하거나 가습기 필터 청소 또는 화장실 욕조 및 타일 청소를 할 수도 있다. 어쨌든 최소 20분 동안 요일별로 정해놓은 일을 하고, 그 일이 일찍 끝나면 다른 일을 찾아서 뭐라도 한다.

간혹 맞벌이 부부나 혼자 사는 직장인의 경우 집에서 밥을 해 먹으면 사놓고 버리게 되는 재료가 많아 오히려 경제적이지 못하다고 주장하는 이가 있다. 혹은 퇴근하고 언제 재료를 다듬고 요리를 하느냐고 반문하기도 한다. 그런데 20분의 법칙만 잘 활용하면 해결할 수 있다. 장을 보고 온 날 요리를 안 하더라도 바로 재료를 다듬어 채소통에 정리해놓으면 다음부터는 퇴근 후 간단히 조리만 하면 된다.

예를 들어 지난 화요일에는 빨랫거리도 없고 화분에 물을 줄 필요도 없는 날이어서 퇴근하면서 사온 대파 한 단과 양파 한 망, 파프리카를 다듬었다. 대파는 썰어서 채소통에 키친타월을 깔아 넣어두고, 양파는 두 개는 춥을 해서 언제든 어떤 요리든 투입할 수 있게 하고, 나머지는 뿌리를 살린 채 껍질만 벗겨서 냉장 보관했다. 파프리카는 씨앗을 미리 제거하고 이등분해서 마찬가지로 밀봉 냉장 보관했다.

뭐든 미뤄두면 버겁고 무겁게 다가오는 법이다. 미리미리 그때그때 해두면 별것 아닌 집안일이지만 쌓이면 스트레스 받을 일이 된다. 지친 몸을 이끌고 퇴근했는데 집 안 바닥에 머리카락이 보일 정도로 어수선하고(이렇게 심각한 일은 없어야겠지만) 개수대에 지난 저녁 설거지가 쌓여 있다고 가정해보자. 일단 피곤하니 잠시만 쉬고 치울 요량으로 소파나 침대에 몸을 던지면, 몸은 쉬지만 마음은 계속 해야 할 일들 때문에 불편할 것이다. 쉬고 나서도 할 일은 그대로다. 즉, 시간을 유예할 뿐 제대로 된 휴식이 아니다. 정해진 루틴이 있으면 이런저런 해야 할 것들의 압박 속에서도 그 일을 미루며 괴로워할 시간에 그냥 자동으로 정리를 끝내도록 이끌어준다. 짧은 시간 움직이는 것으로 온전히 쉴 수 있는 긴 시간이 주어진다. 그런데 이런 핑계, 저런 핑계 또는 시간타령하며 미루다 보면 방바닥에 머리카락을 H빔으로 삼은 먼지 뭉치가 굴러다니게 되는 거다. 20분의 법칙이면, 이런 고통스런 상황에서 완벽히 해방될 수 있다.

체크인 한 호텔방

'누구나 한 가지 재능은 갖고 태어난다.' 어렸을 때부터 들어온 흔한 이야기다. 그런데 사실은 절대 그렇지 않다. 누구나 재능을 한 가지씩 갖고 있다면 우리가 이렇게 살 리가 없다. 재능은 원래 불공평한 법이다. 기준을 대폭 낮춰 탈탈 털어보면 그나마 뭐라도 장점을 찾을 순 있겠지. 하지만 이 거친 세상을 뚫고 살아갈 송곳이 되기엔 뭉툭한 것들이 대부분이다. 따라서 희망이 필요한 사람들에게 너무 걱정하진 말라며 그게 뭐가 됐든 나는 잘 모르겠지만 아마도 너에게도 잘 찾아보면 장점이 있을 거라는 말은 주례사 위로에 가깝다. 재능의 본질은 희소성에 있다. 그렇기 때문에 빛나는 거다. 이런 불공평함이야말로 자연의 이치이자 섭리다.

그렇다고 자포자기하고 미리 좌절할 필요는 없다. 세상이 그렇게 매정하기만 한 곳은 아니다. 신은 평범한 사람들을 위해 연마하기에 따라 송곳이 아니라 전동드릴도 되어줄 한 가지 재능을 가져갈 수 있도록 문을 열어놓았다. 별다른 능력이 없는 보통 사람들에게 허락된 단 하나의 재능, 그것은 바로 성실함이다.

일상의 루틴은 바로 이 성실함을 계발하고 극대화할 수 있는 삶의 태도다. 루틴을 충실히 따르다 보면 성실함은 자연히 따라온다. 막막하거나 어렵게 생각할 것 없다. 각자의 콘셉트에 맞게 정리정돈부터 시작하는 거다. 정리정돈은 일상 루틴의 입문 과정이자 성실함을 키우는 데 매우 적합한 훈련이다. 일상을 다잡는 코르셋이랄까. 매일매일 그때그때 정해진 정리정돈 루틴을 따르다 보면 성실함을 무너뜨리려는 게으름을 원천 차단할 수 있고 마음의 장력이 느슨해질 틈이 생기지 않는다.

누구나 저마다 살림의 콘셉트가 있겠지만 나의 경우는 '체크인 한 호텔방'이다. 퇴근 후 돌아온 집이 체크인 한 호텔방처럼 아무런 생활의 흔적이 느껴지지 않도록 노력한다. 매일매일 반복되는 일상에 기분 좋은 청량함을 유지하기 위한 일종의 공간 심리다. 그래서 요리를 할 때든 샤워를 하고 나서든 사용하면 바로바로 정리해놓고 치우는 세부적인 루틴을 마련해서 늘 처음 들어선 호텔방과 같은 정돈된 풍경을 일상적으로 유지한다. 여기서 핵심은 미루지 않는다는 것과 집을 나설 때 정돈하는 시간을 갖는다는 데 있다. 출근 준비로 빡빡한 아침시간에 루틴이 가장 촘촘하게 배치되어 있는 이유다.

우선 기상하면 베개와 이불을 정리하고 스프레

드를 판판하게 펴서 침대 정리를 마친다. 샤워를 한 후 당연히 머리카락 제거를 하고, 욕실 거울과 휴지걸이, 수건걸이와 같은 모든 욕실 액세서리와 수전의 물기를 제거한다(욕실 거울은 습기 맺힌 그대로 작은 욕실 와이퍼로 닦아내고, 수전 등은 비치해놓은 페이스타월로 닦는다. 욕조와 타일 물기 제거까지 하면 금상첨화인데 아무래도 시간에 쫓기니까 세면대와 변기만 닦아내고 나머지는 주말로 미룬다). 이 과정은 지각을 해도 빼먹지 않는다. 아침에 투자한 이 5분이 퇴근 후에 가져오는 쾌적함과 만족감은 안 느껴본 사람은 절대로 모른다. 그런 만큼 정말 꼭 추천하고 싶은 루틴이다. 그리고 가습기 습도를 식물들을 위해 65퍼센트에 맞게 조절하고 파자마를 개어서 정리해두고, 식탁에 웰컴 드링크 대신 새 물컵을 꺼내놓고 집을 나선다.

호텔처럼 인기척 없이 모든 것이 정돈된 고요한 공간은 1인 가구만이 누릴 수 있는 호사스런 라이프스타일이다. 1인 가구를 주제로 하는 〈나 혼자 산다〉나 〈미운 우리 새끼〉 같은 관찰 예능을 보면 가끔 불 꺼진 집 창문을 올려다보며 외로움의 감정을 전시하는데, 나는 감상에 젖어 그런 궁상을 떨 시간에 집에 가자마자 정리할 것들을 머릿속에 떠올리고 순서나 동선을 짜보라고 조언하고 싶다. 처리해야 할 일이 산적해 있다는 초조함에 한시라도 빨리 현관문을 열고 싶을 것이다. 집을 나설 때와 들어설 때 집중적으로 투자하는 정리정돈의 루틴을 몸에 익히다 보면 혼자만의 일상을 훨씬 알차고 안락하게 보낼 수 있다.

일상의 루틴은 매년 또는 계절별로 반복하는 것부터 매일매일 반복하는 사소한 행동들까지 다양한 층위가 있다. 만약 자기만의 루틴을 새로이 마련하고 싶다면 아침에 눈 떴을 때부터 자신의 하루를 관찰해보자. 어떤 일상이 기분을 좋게 하는지, 하긴 해야 하는데 부담이 되는 일과는 무엇인지, 바꾸고 싶은 습관은 어떤 것이 있는지, 자신의 일상을 마치 관찰 카메라로 보듯이 살피면서 세세한 디테일부터 차근차근 따져보자. 그렇게 자기가 좋았던 순간들, 그리고 나태해지기 쉬운 위험 요소들을 하나씩 찾아내다 보면 어느새 자신만의 평온한 일상을 꾸리게 될 것이다. 그렇게 되면 성실함은 맛있어서 먹다 보니 자연히 찐 살처럼 그냥 따라오게 될 것이다.

청소의 루틴

집에 장난감이 많다는 건 그만큼 청소를 열심히 해야 한다는 의미다. 여섯 살짜리도 아니고 갖고 놀다가 장난감 박스에 다시 집어넣을 순 없는 노릇이다. 그렇다고 매일매일 결벽증 있는 사람처럼 쓸고 닦는 건 아니다. 직장을 다니는 사람이 그렇게 청소에 매여 살 순 없다. 평일에는 20분의 법칙을 활용해 일상적인 정리정돈을 하고, 수요일에 한 번 진공청소기를 돌리고, 제대로 된 청소는 일주일에 단 한 번만 한다. 이 한 주에 한 번씩 하는 대청소를 나는 위클리 청소라 일컫는데, 굳이 기억할 필요는 없다.

이사 오기 전에는 위클리 청소를 토요일 오전에 몰아서 했다. 빨리 하면 할수록 해야 한다는 압박에서 일찍 벗어날 수 있고 쾌적한 환경을 오래 누릴 수 있기 때문이다. 이는 평온한 주말 시간을 최대한 길게 늘려준다. 위클리 청소는 먼지 닦기, 패브릭 및 바닥 진공 청소, 그다음으로 걸레질과 타일 청소 이렇게 4단계로 나뉘는데, 하루에 몰아서 하다 보니 시간이 너무 오래 걸리고 또 주말에 일정이 있는 경우 청소가 부담으로 다가오기도 해서 새로운 집에서는 시간이 가장 많이 걸리는 먼지 닦기를 분리시켰다.

금요일 저녁에 이웃에 방해가 되지 않는 선에서 할 수 있는 먼지 털고 닦기, 가스레인지 청소, 욕실 타일 청소를 하고, 바닥 청소를 비롯한 나머지 위클리 청소는 토요일 오전 빨래를 돌린 다음 시작해, 김신영의 라디오 방송이 끝나기 전에 마무리한다. 이렇게 바꾸고 나니 토요일 낮이 굉장히 여유로워졌다. 올해 내가 내린 결정 중 가장 만족스런 것이 아닐까 싶다.

덕분에 남들은 불금이라 일컫는 금요일 저녁은 내게 굉장히 바쁜 시간이다. 수영을 다녀오는 일정도 있기 때문에 퇴근하자마자 절대로 멈추지 말고 바지런하게 움직여야 한다. 저녁도 가능하면 생략한다. 퇴근 후, 20분의 법칙을 수행한 다음 수영을 다녀오기 전까지 위클리 청소의 첫 번째 순서인 장난감 먼지 털기에 돌입한다. 수영을 다녀와서 해보기도 했는데 시간이 너무 늦어지고, 늦은 밤이라 의욕도 떨어져서 가장 쫓기는 시간에 가장 까다로운 작업을 배치해 놓은 긴장감 속에서 작업을 진행할 수 있도록 루틴을 조정했다.

청소에 관해 이런저런 전문가들의 조언과 유행이 있지만, 사실 별것 없다. 바닥 청소야 남들과 똑같이 진공청소기와 물걸레, 정전기포 3단계로 하고, 가스레인지와 타일 청소는 사용할 때마다 어느 정도 닦아주기 때문에 찌든 때와 크게 사투를 벌일 일이 없다. 부엌이나 테이블류는 알칼리성 세제를 뿌려서 닦고, 나머지 먼지 청소는 털어내기 위주의 고전적인 청소 스타일로 마무리한다. 청소란 인류의 보편적인 행위이기 때문에 부지런함과 꼼꼼함의 차이가 있을 뿐 별다른 비법이 존재하지 않는다는 게 나의 입장이다. 다만 성향과 취미에 따라 추가되는 공정이 발생하는데 나의 경우 수영 가기 전 한 시간가량 투여하는 장난감 청소가 그런 셈이다.

나는 장난감은 케이스나 진열장에 넣어두면 생명력이 박제되는 것 같아 선호하지 않는다. 장난감은 장식품이 아닌 만지고 놀아야 하는 물건인 데다, 경계 태세와 기동성을 갖춰야 하는 전투 병력이라고 믿기 때문이다. 올해 초까지 살던 집에서는 거실의 가로세로 백 센티미터짜리 정사각형 테이블 위에 화분들과 함께 플레이모빌 마을을 마련했다. 그러다 작은 집으로 이사를 오면서 찬넬 선반에 계단식 영농을 하듯 요새처럼 배치했다. 어쨌든 이렇게 꺼내놓고 지내다 보니 생활 먼지를 피할 수가 없다. 특히 플레이모빌과 레고는 작은 요철이 많은 플라스틱제이기 때문에 먼지가 눌어붙지 않게 제때 털어줘야 한다. 반려동물이나 식물을 기를 때도 인간이 일정 부분 포기하거나 감수해야 할 부분이 있듯이 장난감과 함께하는 삶도 마찬가지다. 이렇게 일주일에 한 번만 털어주면 생활 먼지가 눌어붙을 일은 없다.

장난감을 청소할 때는 다른 도구는 쓰지 않고 독일제 타조털 총채와 산양모 브러시를 이용해 먼지만 턴다. 타조털 총채가 나일론이나 일반 양모 총채보다 엄청나게 뛰어난 성능을 발휘한다기보다 나무 손잡이의 안정된 그립감부터 깃털의 탄력과 길이까지, 플레이모빌 정도의 작은 소품들을 구석구석 청소하기에 적당한 데다 고풍스런 맛에 쓴다. 보다 부드럽고 작은 산양모 브러시는 원래 갓난아이들 몸에 자극을 주는 마사지용인데, 작아서 손에 쥐기도 편하고 털 자체도 짧고 훨씬 부드러워 작은 요철이 많은 레고를 청소할 때 효과적이다.

청소도 해야 해서 하는 것보다 그 자체가 주는 만족감이 커야 루틴으로 자리 잡는 데 도움이 된다. 그래서 손에 익은 도구나 흡족한 미소를 자아내는 도구는 청소에 있어 꽤 중요한 이슈다. 나의 경우 클래식한 청소 스타일을 좋아하기 때문에 청소기도 유행하는 다이슨 대신 먼지봉투를 갈아 끼우는 독일의 밀레 제품을 쓴다.

장난감 청소는 같은 먼지 청소라고 해도 인테리어 소품이나 조명 청소와는 전혀 다르다. 사실 먼지를 제거한다는 목적도 있지만, 장난감을 손으로 잡고 눈을 맞춰보는 시간이라는 데 의의가 있다. 장난감을 갖고 놀던 어린 시절의 관성을 반영해 일주일에 한 번은 장난감을 만질 수 있도록 루틴을 마련한 것이다. 현실적으로 나이 서른이 넘어가면 하루 일정이 오후 4시 이전에 끝나는 여섯 살짜리와 달리, 장난감을 만질 시간이 턱없이 부족해진다. 그래서 기왕 해야 하는 청소와 장난감을 만지는 시간을 합쳤다.

　　손으로는 먼지를 털고 있지만 머릿속으로는 어렸을 때부터 장난감들과 나눠왔던 이야기를 이어간다. 장난감 청소에 한 시간 이상이 걸리는 것도 이 때문이다. 장난감의 먼지를 턴다는 것은 청소 행위일 뿐 아니라, 하루하루 반복되며 쌓이는 시간들을 내 손끝과 머릿속에 기록하는 일이다. 간혹 청소를 경건하게 생각하는 사람들을 TV나 여러 매체에서 만날 수 있는데, 결벽증만으로 접근할 것이 아니라 일상의 소중함을 느끼고 지키려는 행위로 바라볼 필요도 있다. 어떤 청소든 목적은 '깨끗하게'이지만 모든 청소를 단순히 '빨리빨리, 깨끗하게'만 외치면서 할 수는 없다.

식물과 함께하는 삶

누군가 취미가 뭐냐고 묻거나 퇴근하고 뭐 하느냐고 질문할 때면 말문이 막히곤 했다. 일상의 항상성 유지에 만전을 기한다고 설명하기도 뭣하고, 좋아하는 음악과 영화는 대부분 2005년 전후에서 업데이트가 중단되어 이제는 뭘 보고 듣는다고 말하기 곤란해졌다. 투잡을 한다고 말하는 건 군색한 형편을 드러내는 것 같아 되도록 피한다. 그래서 그간 고육지책으로 수영 이야기를 가장 많이 했다. 그런데 문제는 이야기의 끝이 언제나 역시 수영만으로는 다이어트가 안 된다는 것이어서 이마저도 주저하게 됐다. 적당히, 그러면서도 스무스하게 일상적인 대화를 이어갈 응대의 매뉴얼이 필요했다. 그러다 최근 발굴한 것이 식물과 화분 이야기다.

요즘 라이프스타일 트렌드에 관심이 많은 사람들은 플랜테리어나 그린 인테리어라는 말을 많이 들어봤을 것이다. 식물을 활용한 인테리어라는 뜻인데 인스타그램을 열심히 하거나 카페 문화나 공간에 관심이 많은 사람들에게는 익숙한 이야기가 아닐까 한다. 식물이 인테리어 오브제로 각광받기 시작한 것은 비교적 최근에 불어닥친 세계적인 흐름이다. 새삼스럽긴 하다. 원예는 인류 역사와 함께한 유서 깊은 취미다. 유럽의 식민지 수탈이 본격화된 열강 시대와 산업화 시대를 거치면서 대중화된 원예 산업과 정원 가꾸기는 유럽, 미국, 일본, 호주에서는 일상으로 자리 잡았다. 70년대 이후 베란다 문화가 자리 잡은 우리네도 집집마다 화분 하나 정도는 다 있었다. 동네마다 화분 좀 만지신다는, '그린썸(green thumb)'을 가진 어르신들도 여럿이다. 그래서 다세대 골목가의 건물 옥상이나 자투리땅에는 어김없이 텃밭 화분이 자리하고 있고, 벤자민, 금전수, 난, 산세비에리아, 고무나무, 제라늄 등이 가득한 베란다나 창가 풍경은 체리색 몰딩만큼이나 익숙한 평범한 가정집의 모습이다.

그런데 오늘날 전 세계적으로 퍼져 나가고 있는 인도어 가드닝(indoor gardening)은 과거 어르신들의 소일거리쯤으로 치부되는 화분 가꾸기와 출발 지점부터 전혀 다른 이야기다. 힙스터 문화의 근간은 자연주의와 전통과 노동에 대한 경배다. 조금 느리고, 불편하고, 투박할 수 있지만 자기 손으로 직접 기르고, 해 먹고, 만드는 행위, 그리고 그런 일상을 함께하는 사람들과의 가족적인 관계를 중시하는 슬로 라이프는 자연히 자연주의와 맞닿았다. 그러다 재발견된 분야가 아웃도어 라이프다. 도시의 삶에 지친 현대인들에게 캠핑을 비롯한 아웃도어 라이프는 열풍을 일으켰고, 전 세계적으로 라이프스타일 산업에 불을 댕겼다.

그렇게 10여 년이 흐르는 동안 아웃도어 라이프스타일은 낚시, 서핑 등으로 영역을 확장했다. 어느 정도 임계 지점에 다다르자 라이프스타일 산업은 인도어, 즉 일상의 공간과 삶으로 고개를 돌렸다. 환경적 요인도 충분했다. 1인 가구의 비약적인 증가, 정원과는 거리가 멀어진 도시의 주거 환경, 얄팍해진 젊은 세대의 주머니 사정, 여성 소비자에게 보다 친화적인 정서 등 여러 일상적인 요소가 결합하면서 인도어 라이프스타일 시장은 다시 한 번 대폭 성장했다.

그러면서 떠오른 것이 북유럽이다. 이 분야의 교과서는 언제나 북유럽이었다. 날씨 탓에 실내에서 보내는 시간이 많은 그들은 안락한 일상을 가꾸는 데 일가견이 있었다. 생활 태도뿐 아니라 실내 공간을 질리지 않으면서도 아늑하게 꾸미는 인테리어도 선진의 문화였다. 가구, 조명, 몇 가지 정갈한 색과 함께 식물은 그들 일상의 모티프였다. 실내에서밖에 식물을 기를 수 없는 그 동네의 기후 특성상 인도어 가드닝은 발달할 수밖에 없었다. 이들을 동경하는 시선과 전 세계적으로 성장하는 힙스터 문화가 접점을 이

루면서 오늘날 식물, 혹은 화분을 바라보는 관점은 '그린'에서 '인테리어'로 넘어갔다. 새로운 시장이 열린 것이다.

북유럽이나 포틀랜드 발 인도어 가드닝은 몇 가지 특징이 있다. 일단 협소하고 햇빛이 강하지 않은 실내 공간에서 살 수 있어야 하고, 개성을 발산하는 식물이어야 한다. 그래서 전 세계적으로 보편적인 식물들, 예를 들면 일반 화원에서 볼 수 있는 허브과 같은 친숙한 식물들은 취급하지 않는다. 힙스터 특유의 성향이라고도 할 수 있다. 다소 그늘진 공간에서도 잘 자라면서도 특이한 외형을 지닌 양치식물류나 용신목으로 대표되는 선인장, 특이한 잎을 가진 식물들인 몬스테라, 필레아, 칼라데아, 셀렘 그리고 공간을 적게 차지하면서 햇빛의 영향을 적게 받는 스킨과 같은 각종 덩굴식물류, 틸란드시아, 브로멜리아드, 석송, 박쥐란, 갈대선인장과 같은 행잉 플랜트로 활용가능한 식물들이 주력이다. 할머니와 어머니가 기르는 식물류와는 떡갈고무나무 정도를 제외하면 거의 겹치지 않는다. 인스타그램을 봐도 뮌헨이든, 포틀랜드든, 뉴욕이든, 스톡홀름이든, 런던이든, 파리든, 싱가포르든, 멜버른이든, 부에노스아이레스든, 서울이든 등장하는 식물들이 비슷비슷하다.

축약하자면 힙스터 문화를 끌어안은 라이프스타일 산업과 비좁은 집에서 비싼 주거비를 감당해야 하는 전 세계 대도시 젊은이들의 주거 환경과 북유럽 인테리어가 만난 지점에 지금의 그린 인테리어가 있는 셈이다. 나는 힙스터와 거리가 멀고, 북유럽 인테리어를 추구하지도 않지만, 어쨌든 반려동물이든 반려식물이든 함께하는 일상을 소중히 여기고 돌보는 데 관심이 점점 높아지는 사회적 분위기가 반갑다. 이제 집에서 식물을 기른다고 해서 초식남이라든지, 특이하다든지, 아버지 표현을 빌리자면 젊은 애가 왜 저러는지 모르겠다는 맥락의 말을 들을 걱정은 안 해도 되는 시대가 온 것 같아 참 다행이라고 생각한다 (혹시, 아직 아닌가).

빨간 다라이의 인연

식물과의 인연은 10여 년 전 홍대의 한 옥탑방에서 시작됐다. 잡지사를 다니던 나는 지금은 라디오 PD로 잘나가지만 그땐 서로 다 비슷한 처지였던 대학 후배 우광이와 함께 서교 교회 근처 옥탑방에서 첫 사회생활을 시작했다. 요즘 유행하는 해방촌 루프탑 같은 낭만적인 옥탑이 아니었다. 뷰는 없고, 평상 놓을 마당도 아예 없었다. 안 그래도 좁은데 이런저런 생활 폐기물과 몇 년간 관리 안 해 말라비틀어진 잡초들이 방치된 '빨간 다라이' 화분이 십수 개나 있었다. 생활 폐기물은 이사 오면서 다 치워주셨지만 화분들은 비용 문제가 있으니 조금만 기다려달라고 하셔서 넘어갔다.

우리 집은 차 두어 대를 겨우 댈 수 있는 'ㄷ'자 골목 가장 안쪽 집 옥상에 있었다. 우리 집에서 바라보는 골목 오른편에는 통장님의 원룸 건물이 있었다(이사 당일 친히 인사를 오셔서 쓰레기 배출일과 음식물 쓰레기 처리에 대해 알려주셔서 인상 깊었다. 겪어보니 동네 미화 문제와 미성숙한 시민의식에서 오는 스트레스에 굉장히 취약한 분이었다). 통장님은 건물 맨 위 복층에 살고 계셨는데 그 집 테라스와 우리 집 높이가 거의 일치해서 서로 어느 정도 들여다볼 수 있었다.

어느 날 보니 통장 사모님께서 테라스에 나와 이런저런 작물과 꽃모종을 심고 계셨다. 그 후 종종 테라스에서 텃밭을 가꾸는 모습을 뵐 수 있었다. 일본 아주머니처럼 편안한 린넨 옷차림에 야자나무 잎으로 엮은 듯한 선바이저를 쓰고 원예를 하는 모습이 건물주라는 지위와 결합되어 그런지 있어 보였다.

자극을 받은 나는 집주인 아저씨가 계신 기름집으로 찾아가 봄도 됐는데 너무 지저분하니 옥상을 치워달라고 다시 부탁드렸다. 공간과 일상을 부지런히 가꾸는 사람 옆에 살면서 이렇게 방치된 공간을 그냥 두고 지내는 건 실례라 생각했다. 아저씨가 난처해하시면서 사실 그 화분들은 요양원에 계신 어머니가 관리하던 것이라고 말씀하셔서 그냥 두기로 했다. 대신 그럼 할머니가 오실 때까지 개간해서 사용해도 되느냐고 여쭤보니 그러라고 흔쾌히 허락하셨다. 그 길로 호미와 모종삽을 사와 몇 해 묵은 잡풀과 쓰레기를 다 걷어내고 흙을 골랐다.

어깨너머로 본 옆집 테라스를 따라 했다. 첫해엔 연희동 사러가 마트 앞의 모종 가게에서 사온 상추, 고추, 방울토마토로 시작해 호박, 오이, 여러 종류의 잎 채소로 분야를 확장했다. 쑥쑥 자라다 보니 텃밭 일은 흥미로웠다. 출퇴근 시에만 물을 주면 되니 루틴으로 삼기도 안성맞춤이었다. 작물이 너무 잘 자라서 주인집에 나눠줘야 할 정도였다. 그러면서 식물에 대한 관심이 점점 더 커졌다. 옆집처럼 꽃과 화분을 놓고 옥상을 가꾸고 싶어졌다. 당시 유행하던 것이 리톱스 등의 다육식물과 멕시코 소철, 알로카시아 등이었는데 검색에 검색을 거듭하다 종로 5가의 존재를 알게 됐다. 오세훈 당시 서울시장이 '하이 서울' 사업의 일환으로 종로 6가 한 귀퉁이로 모종 노점상들을 이전시키기 전까지 매년 4월 중하순이 되면 주말마다 271번을 타고 종로 5가로 나들이 겸 쇼핑을 나갔다.

처음엔 실패도 많이 했다. 분갈이는 물론이거니와 시비하는 법은커녕 물주기도 잘 몰랐다. 알로카시아를 꼭 그늘에서 키우라고 해서 그 말만 따르다가 과습으로 보냈고, 튤립 구근을 심는 법을 몰라 그 예쁜 꽃들을 며칠 못 보고 죽인 경험도 있다. 거금 3만 원을 주고 작은 분재를 사왔다가 겨울철 식물 관리 요령이 서툴러 작별한 적도 있다. 보통 처음 화분을 들였을 때 이런 좌절을 겪으면서 많은 사람들이 다시 화분과 멀어진다. 하지만 일상을 변함없이 유지하려는 항상성은 이런 실패를 받아들이지 않았다. 식물이 죽으면 며칠 안에 꼭 같은 종의 식물을 사와서 그 자리를 다시 채웠다(식물뿐 아니라 물건이 없어지거나 고장이 나면 어떻게든 똑같은 물건을 구매해 대체했다).

　평일 오후의 햇살을 갖고 싶어진 것도 그즈음이다(회사에 나가 있으면 햇빛을 누리거나 활용할 수가 없다). 아늑하고 부드러운 햇빛이 녹색 잎에 어른거리는, 하루 중 가장 평온하고 나른한 순간을 일주일에 이틀밖에 갖지 못한다는 게 아쉬웠다. 그렇게 옥상을 점점 식물들로 채워가자 옆집 사모님이 우리 옥상을 주시한다는 게 느껴졌다. 해가 갈수록 통장님 댁 테라스는 화려해졌다. 일종의 경쟁이었다. 자극을 받은 나는 주말마다 종로 5가로 나가서 새로운 작물에 도전했다. 이것이 관성이 되어 지금도 매년 봄이면 모종을 구경하러 꽃시장에 나가고 인터넷을 수시로 뒤적인다. 그렇게 어깨너머로, 버려진 빨간 다라이에서 시작한 내 원예 라이프는 집을 구할 때 첫 번째 조건이 햇빛과 식물을 기를 수 있는 공간이 될 정도로 어느새 내 일상에 깊게 뿌리를 내리고 번졌다.

고양이가 집사를 대하는 태도로

지금까지 식물과 함께 살면서 몇 가지 루틴과 노하우가 생겼다. 고수들이 보기엔 별것 아닐 수도 있고, 구력도 짧은 내가 원예에 관해 이런저런 말을 할 입장은 아니지만 어디까지나 일상의 항상성에 관한 이야기니 참고할 구석이 있지 않을까 싶다.

우선 겨울을 제외한 계절에는 20분의 법칙의 대부분을 화분 돌보는 데 투자한다. 옥상에 올라가 텃밭에 물을 주고 환절기의 경우 실내에서 기르는 화분들에 매일매일 분무를 하면서 화분의 상태를 살피고, 물이 말랐거나 과습이 염려되는 식물은 없는지 잎을 살펴보고 흙을 만져보면서 확인한다. 테라스에 있는 꽃들은(나이가 들면서 점점 꽃이 좋아지기 시작했다) 거의 매일 물을 주고, 고사리류는 겉흙이 촉촉할 수 있도록 아침저녁으로 분무를 넉넉하게 한다. 봄에 새 식물을 들이거나 가을을 앞두고 분갈이를 하는 경우가 아니라면 특별히 화분 가꾸는 시간을 마련하지 않고 20분의 법칙을 활용해 관리한다. 과습이 염려된다면 분을 빼 흙을 갈거나 햇빛이 더 강한 곳으로 잠시 자리를 옮긴다. 햇빛을 많이 못 보는 실내에서 기르다 보면 과습으로 죽이는 경우가 많기 때문에 분이 안 말랐다면 물주기를 거른다.

여전히 시행착오를 겪고 있지만 10여 년째 매일 매일 들여다보면서 식물에게 중요한 몇 가지를 깨달았다. 첫 번째는 햇빛이고, 두 번째는 습도, 세 번째는 적당한 무관심이다.

식물이 광합성을 하는 건 누구나 안다. 그런데 식물을 살 때 대부분 직사광을 피하라는 주의사항을 듣는다. 반그늘에서 잘 자란다는 말도 많다. 그래서 창가에서 떨어뜨려 두거나 진짜 그늘에 두는 경우가 있다. 요즘은 식물을 활용한 인테리어가 유행하면서 화분을 마치 가구처럼 여기고 보기에 그럴듯한 자리에 두기도 한다. 그런데 기본적으로 식물은 햇빛이 필요하다. 실내는 직사광과 거리가 먼 조건이기 때문에 실내로 들어온 화분은 가능하면 무조건 햇볕을 많이 쬘 수 있는 곳에 둬야 한다. 화분 좀 죽여본 사람은 대부분 물주기에서 원인을 찾으려고 한다. 그러면 실패는 반복된다. 인과의 선후 문제가 잘못된 탓이다. 화분을 어디에 뒀는지, 하루 중 강렬한 햇빛을 얼마나 받는지에 대해 먼저 생각해봐야 한다. 이미 유리창을 통해서 들어오는 빛은 직사광이 아니다. 또, 노지에 비해 하루 중 강렬한 햇빛을 받는 시간이 극히 제한된다. 식물은 빛이 부족하면 화분에 수분이 많더라도 물 소모를 줄이게 되고 잎은 말라간다. 그러면

물이 부족한가 싶어서 물을 더 주게 되고, 결국 뿌리가 썩어버리는 이른바 과습에 이르게 되는 것이다.

습도는 대부분의 초보 인도어 가드너들이 아예 신경도 안 쓰는 부분이다. 식물을 둔 공간은 습도를 최소한 60퍼센트 이상으로 맞춰놓아야 한다. 그래서 여름을 제외하고는 가습기가 필수다(다만, 단열이 부족한 구옥일 경우 겨울철 결로 방지를 위해 습도는 포기한다). 식물은 기본적으로 뿌리로 물을 빨아들이고 잎으로 수분을 증발시키는 순환의 균형을 통해 생존하는데 습도가 높으면 이 균형을 유지하기가 매우 수월해지기 때문이다. 그러니 통풍도 중요하고 물주기나 거름도 중요하지만 인도어 가드닝을 하면서 특히 노력을 기울여야 할 부분, 노력으로 변화를 줄 수 있는 부분은 습도 조절이다. 인간에게 적합한 습도보다 식물이 선호하는 습도가 통상 높기 때문에 불편할 수는 있지만 실내는 안 그래도 식물이 원래 살던 환경과 다른 척박한 장소다 보니 해줄 수 있는 건 최대한 맞춰줘야 하는 게 생명을 들여온 사람의 도리다.

마지막은 거리두기다. 잘못된 루틴 때문에 수많은 식물의 생명을 앗아간 경험을 통해 얻은 절실한 깨달음이다. 식물에 너무 관심을 쏟고 매달리면 과잉된 진료나 의전이나 보호 그런 비슷한 행위를 하게 될 공산이 크다. 괜히 물 한 번 더 주게 되고 이리저리 만지다가 탈이 나게 만든다. 모든 식물은 건조에 어느 정도 대비할 수 있는 능력을 갖추고 있으니 너무 많은 시간을 식물에 투자하지 않는 편이 오히려 서로 건강하게 오래오래 함께 사는 관성의 힘이다. 햇빛을 많이 볼 수 있는 공간에 습도를 맞춰두고, 이른바 고양이가 집사를 대하는 태도로 화분을 대할 필요가 있다. 어느 정도의 무심함이 오히려 도움이 된다.

덧붙여 한마디. 반려동물을 들일 때 각오와 책임이 따르는 것처럼, 식물을 들일 때도 마찬가지의 다짐이 필요하다. 물을 줄 때 화분의 모든 흙이 다 촉촉하게 젖을 수 있도록 드립커피 물 내리듯 조루로 물을 천천히 둘러주고, 철마다 손에 흙을 묻혀가며 분갈이를 할 의사가 없다면 아무리 예쁜 화분에 담긴 멋진 식물이라도 집에 들여선 안 된다.

평온한 일상을 지키기 위해
피해야 할 세 가지

각종 모임과 술자리

원래는 '사람'이라고 쓰려다 '모임'으로 바꿨다. 인간관계, 정, 사랑… 이런 감정과 사회적 관계를 부정하지도, 관계에서 오는 상처를 최대한 회피하자는 염세주의자도 아니다. 인간관계란 게 원래 수시로 삐걱거리기 마련이지만, 힘들고 지치고 넘어졌을 때 다시 무릎을 탁탁 털고 나아갈 힘을 주는 것 또한 가족, 연인, 친구, 이웃 등 사람과 사람이 어깨를 맞댄 관계에서 나온다는 걸 잘 안다. 문제는 온갖 종류의 모임과 저녁 약속이다. 다들 어떤 무리에 속해 있어야 마음이 편한 것인지 이런저런 모임이 너무 많다. 더 심각한 건 이런 종류의 약속들이 대부분 술자리다. 친교도 노력이 필요하고 '사회생활을 하면서 술 한잔 할 줄 알아야 한다'에 내포된 맥락을 모르는 바가 아니다. 그런데 단합이니, 위로니, 스트레스 해소니, 이런저런 핑계를 빙자한 여러 모임에 다 나가다 보면 루틴은 무너지고 일상이 약속에 맞춰지게 된다. 결국 술자리나 모임이 없으면 일상 자체가 허전해진다는 점이 문제의 본질이다.

술자리를 피해야 하는 이유는 명확하다. 첫째 시간을 너무 많이 빼앗고, 둘째 일상을 지키려는 의지를 방해하고, 셋째 때때로 술자리에서 주고받은 여러 이야기들과 타인의 근황이 스트레스로 다가오기 때문이다. 특히 술 안 먹고 할 수 없다는 말은 듣지 말자. 평온하고 동요 없는 하루하루를 보내는 데 정말 여러모로 방해 요소다.

혼자서도 평온하게 지내는 일상은 건강한 삶과 정신을 지켜주는 견고한 울타리다. 그래서 술을 마셔야 서로의 속마음을 터놓고 친해질 수 있다거나, 사람이 좋아서 술자리를 즐긴다는 사람은 절대로 신뢰하지 않는다. 파스칼은 1600년대부터 이미 이런 본질을 꿰뚫고 다음과 같은 말을 남겼다. "인간의 모든 불행은 자기 방에 머물러 있을 줄 모른다는 데서 비롯된다는 것을 나는 깨달았다."

SNS

소통은 중요하다. 예술가든, 인문학자든, IT업자든 다 소통을 이야기한다. 나도 싸이월드로 시작해 네이버와 이글루스 블로그, 트위터, 페이스북, 인스타그램까지 시대별로 남들 하는 건 다 개설하고 아이디를 등록했지만 결국 아무것도 제대로 해본 적이 없다. 일상의 관성을 깨는 새로운 문물과 문화에 대한 본능적인 거부감이 있는 데다가 내 일상의 루틴에 맞춰 살다 보니 소통 의지가 박약했던 탓이다.

보다 간편하게 접근하도록 기술이 진보함에 따라 인스타그램은 나도 한때 열심히 했다. 물론 프로필에 얼굴 사진을 올리거나 셀피를 찍는 그런 부류는 아니지만, 인스타 스타가 되는 것을 목표로 일주일에 한 번은 뭐라도 올리는 루틴을 마련했다. 피핑 톰이 되어 쇼핑몰 운영자들의 일상 화보를 탐닉하고, 오슬로나 파리나 런던, 포틀랜드 사람들의 집구석을 열정을 갖고 지켜보며 하트도 눌러봤다. 그런데 결국 내 일상과의 교류 지점이 없다 보니 계속할 동력이 안 생겨 흐지부지되더라.

온라인상의 피상적인 만남, 파편적인 관계에서 오는 공허나 박탈감 등은 사실 잘 모르겠다. 물론 그럴 수도 있겠다만, 반대급부로 더 자주 연락을 주고받을 수도 있고, SNS가 아니면 전혀 볼 수 없는 타인의 삶을 지켜보면서 영감을 얻을 수도 있다.

나 같은 부류의 사람들에게 SNS는 피해야 한다기보다 멀어질 수밖에 없는 종류의 것이다. 일상의 관성과 항상성을 따르는 삶은 남에게 검증받거나 보여주기 위한 모습과는 거리가 멀기 때문이다. 뒤집어 말하자면 SNS를 열정적으로 하는 헤비 유저라면 일상의 루틴을 마련하고 늘 비슷비슷한 하루를 반복하는 일상에 만족을 못 느낄 수 있다. 서로 다른 종류의 삶인 것이다. 그렇다고 각자 제 갈 길 가자는 건 아니다. SNS에 열정적으로 올리는 사진만큼이나 하루하루의 일상도 소중하니, 타인의 일상에 관심을 갖는 시간과 타인에게 보여줄 모습을 큐레이팅 하는 관심만큼 당신의 오늘 하루와 단둘이 마주하길 제안하는 거다. 일상이 소중한 것은 그 누구를 위해서가 아니라 우리 자신을 형성하는 순간들이기 때문이다.

초라한 혼밥

1992년 신해철이 바라본 도시인들은 아침에 우유 한잔, 점심엔 패스트푸드를 즐겼다면, 2017년 내가 보는 도시인들은 아침이든 점심이든 어쨌든 자기 자신과 단둘이 남는 식사 시간을 결사적으로 피하는 것 같다. 물론 시사용어가 될 정도로 혼밥족이 늘었지만 물리적으로는 혼자서 밥을 먹을 뿐, 계속 전화기를 들여다보고 잉베이 맘스틴 수준의 현란한 손가락질로 다른 누군가의 존재를 끊임없이 확인한다. 마치 새로운 커트러리가 발명된 것처럼 혼자 밥을 먹는 사람들의 손에는 어김없이 수저와 함께 스마트폰이 들려 있다.

　월스트리트나 신바시의 바쁜 직장인이라면 이해하겠다. 그런데 합정역 맥도날드든, 프랜차이즈 분식점이든, 일반 밥집이든, 유서 깊은 순댓국집이든, 쇠락한 쇼핑몰의 푸드코트든 그 어떤 식당에서도 혼자 밥 먹는 사람들은 한 손엔 수저 한 손엔 전화기를 들고 밥을 먹는다. 아니면 〈뽀로로〉나 〈또봇〉 없이는 밥을 못 먹는 산만한 아기들처럼 아예 거치대에 스마트폰을 올려두고 눈으로는 화면을 응시하면서 입으로만 밥을 먹는다. 혹자는 이를 사료를 먹는 것과 마찬가지라고 했는데, 나는 혼자 있다는 어색함을 견디지 못해서라고 말하고 싶다.

　이런 모습이 내 눈엔 굉장히 비일상적으로 다가온다. 식사는 오롯이 자기와 마주하는 하루 중에서도 가장 중요한 순간이다. 식사 시간은 음식 맛을 느끼며 행복을 찾고, 잠시 쉬면서 복잡했던 머릿속을 정리하고 비우기에 가장 적절한 시간이다. 그런데 많은 사람들이 그 순간마저도 자기 자신과 단둘이 마주 앉기를 거부한다. 이런 식이면 혼자 밥을 먹는 이유가 초라해진다.

　습관이란 무서운 거다. 굳이 롤러코스터를 들먹이지 않아도 알 수 있다. 혼자 밥을 먹더라도 격식을 갖춰보자. 자기의 시선을 전화기에 가둠으로써 주변의 시선을 차단하려 하지 말고 주변을 돌아보고 식당의 분위기까지 식사라고 생각하고 전반적으로 즐기자. 분주하든 정갈하든 지금 앉아 있는 그 순간의 모든 것이 우리가 살아가는 일상의 풍경이다.

군 제대 후 어쩔 수 없이 홀로 밥을 먹기 시작한 이래 지금까지 대부분의 식사를 혼자서 먹고 있다. 혼자 먹는 이유가 끼니를 때운다는 개념과는 거리가 멀기 때문에 가능한 격식을 지킨다. 팔꿈치를 식탁에 대지 않고 젓가락과 숟가락을 결코 동시에 쥐지 않는다. 스마트폰 대신 냅킨을 꼭 미리 준비해두고 중간중간 입가를 정리한다. 절대로 고개를 숙이고 밥을 허겁지겁 퍼먹지 않는다. 시선을 둘 곳이 어색하면 메뉴나 원산지 표기를 뭔가 생각하고 있는 듯한 표정으로 응시한다. 사소할지라도 그렇게 한 가지씩 자기 자신과 마주하는 연습을 하다 보면 어느 순간 일상을 마주하는 즐거움을 느끼게 될 것이다.

쭉 하다 보니 해오는 것들

: 계속 하다 보니
도저히 멈출 수 없게 된 것들

투잡

2006년 말 첫 직장인 영화잡지사에 입사했다. 이듬해에 회사가 망하긴 했지만, 그래도 에세이로 평가하는 서류심사와 필기시험, 두 차례의 면접을 거치는 나름 공채 프로세스를 거쳤다. 어렵게 시작한 회사 생활은 녹록지 않았다. 주간지다 보니 월요일 오전 기획회의를 한 다음 기획과 취재 및 섭외, 기사 생산까지 단 며칠 안에 해내야 하는 매우 타이트한 사이클이 매주 반복됐다.

마감을 끝낸 날이면 곧장 집으로 가지 않고 코엑스에 들러 행복한 얼굴의 사람들 사이를 배회하다가 버거킹에 갔다. 혼자서 세트 메뉴를 두 개씩 시켜 먹는 호사를 부렸지만 빠진 진이 쉽게 보충이 되지 않을 정도로 버거웠다. 주말도 제대로 쉴 수가 없었다. 어김없이 돌아오는 월요일 오전 기획회의 준비로 고통을 받았다. 매주 계속해서 뭔가 새로운 이야기를 찾고 만들어내는 건 쉽지 않은 일이었다. 입사한 지 얼마 안 돼 회사가 금방 망한 덕분에 그 생활을 오래 겪지 않았음에도, 그때 받은 스트레스가 어찌나 인상 깊었던지 지금도 일요일 밤에는 거의 잠을 이루지 못한다.

그렇다고 그 시절이 나쁘고 힘들기만 했던 건

아니다. 고교 시절 열독했던 영화잡지 『KINO』에서 이름으로만 만나던 기자들이 내 선배가 되었고, 바로 옆자리에는 지금은 방송인으로도 더욱 유명해진 지웅 선배가 앉아 있었다. 지금도 연락과 도움을 주고받는 성철 선배와 지은 선배, 그리고 아마도 내가 평생 의지할 동기 성원 씨를 만난 곳도 그 편집부였다. 부족한 것 많던 시절 선배, 동료들로부터 이런저런 조언과 가르침을 많이 받았다. 특히 지금은 『씨네21』 편집장으로 활약 중인 주성철 선배의 한마디가 워낙 인상 깊어서 지금까지도 내 일상의 금과옥조로 삼고 있다.

입사 후 신입 직원들과 선배들이 커피를 마시며 서로를 알아가는 자리였다. 출근할 때 모자 써도 되느냐와 같은 실용적인 질문 외에 딱히 할 말이 없다 보니, 성철 선배에게 과거 『KINO』를 모았던 이야기며 편집자 에디토리얼을 흥미롭게 봤다는 이야기를 했다. 선배는 조금 수줍은 듯한 얼굴을 하고 듣더니 조심스러운 말투로 앞으로 영화지 기자로 계속 생활하려면, 주말엔 편의점에서 알바를 해야 한다고 했다. 본인도 GS에 다니고 있다고 덧붙였다. 주성치를 좋아하던 선배의 위트였겠지만 조악한 조건의 근로계약서를 쓴 지 얼마 안 된 시점이라 꽤나 진지하게

와 닿았다.

인턴 기간이 끝나고 조금씩 자리를 잡아가면서 직장을 다니면서도 할 수 있는 일을 알아봤다. 당시는 TV 프로그램, 특히 예능이 처음으로 대중문화의 화두로 떠오를 때였고, 무엇보다 막상 일을 해보니 시네필들의 진지한 태도라든가 영화를 보고 그 감흥을 나누는 문화가 내게는 이질감이 있었다. 그렇게 시대적 흐름과 이런저런 불만과 재정적 필요에 따라 찾은 틈새시장은 TV, 특히 예능을 영화처럼 다루며 글을 쓰는 일이었다.

GS보다는 시급이 나은 듯해 아르바이트를 시작했다. 그렇게 시간이 흘렀고 지금은 관성이 되어 내 일상에 뿌리를 내렸다. 이것이 예능을 보고 글을 쓰는 일을 10년째 계속하고 있는 이유와 동력의 전부다. 밀리지 않도록 퇴근 후 이런저런 예능 프로그램들을 챙겨보고, 그때그때 메모를 하고 원고를 쓰고 그러다 수고한 나에게 위로를 건넨다며 인터넷 쇼핑을 하는 패턴을 10년 동안 계속하는 중이다.

관성은 가끔씩 숨겨둔 양면성을 보인다. 끈기와 성실함을 보조하면서 한 가지 일을 오래할 수 있는 힘이 되기도 하지만 도태와 괴사의 위기를 초래하기도 한다. 아르바이트가 끊이지 않은 점은 감사한 일이지만, 그 사이 다른 기회를 마련할 생각조차 멀리한 채 10년의 세월을 프리타족처럼 살아가고 있다. 덕분에 처음 취업한 그때와 지금의 생활 패턴, 사회적 지위, 잔고 모두 별다른 변화가 없다.

한강

꽃 피는 봄이 오면 자전거를 타고 한강에 간다. 봄부터 코스모스가 질 무렵까지 일요일 오후에는 한강을 달리는 게 주말마다 빠뜨리지 않는 루틴 중 하나다. 처음 서울에 발을 붙이고 살게 된 시절부터 서울 시민의 가장 큰 특권은 뭐니 뭐니 해도 한강 공원이라고 생각했다. 아파트 숲을 병풍 삼아 길게 뻗은 자전거 도로와 웅장한 강줄기, 그리고 잘 조성된 공원은 CB Mass의 노랫말처럼 서울이라는 로열 럼블에서 쳇바퀴 굴리듯 살아가는 사람들에게 일상의 속도와 무게를 잊게 해주는 영적인 스폰서와 같은 존재다.

한강이 일상의 루틴으로 들어오게 된 계기는 잘 기억나지 않는다. 한때 매일 저녁 퇴근하자마자 옷을 갈아입고 뛰쳐나가 가양대교부터 반포 지구까지 오가며 서울 구경을 했을 뿐이다. 오해가 있을까 해서 하는 말인데 사랑의 유통기한 운운했던 〈중경삼림〉의 금성무처럼 실연의 아픔을 달래려는 달리기는 아니었다.

서울이란 도시가 재미없고 밋밋하다는 말을 많이 하지만, 한강을 동서로 달리다 보면 동네마다 특색이 있어서 흥미로웠다. 지금은 아니지만 몇 년 전까지 난지, 망원 지구는 가족 소풍 분위기가 짙었다.

이수를 넘어 한남동으로 접어들면 조깅하는 외국인들과 힙스터들이 나타나기 시작하고, 특히 주말 오후의 반포, 잠원 지구는 센트럴파크가 부럽지 않았다. 잡지나 영화에서 본 '피크닉'이 어깨너머에서 실사로 펼쳐졌다. 망원 지구에서 흔히 볼 수 있는 은박 돗자리나 원터치 텐트 대신 PVC 코팅이 된 인디언 문양의 폴리에스테르 돗자리를 깔아놓고 한가하게 영화를 본다든가, 각종 캠핑 도구들을 펼쳐놓고 가벼운 옷차림으로 여유를 즐기는 젊은이들이 가득했다. 외국인의 비율은 한층 높아지고, 영화 속에서나 보던 플라잉디스크도 날아다녔다. 다시 잠수교를 타고 올라와 동쪽으로 가면 강변역에서는 생경한 군무가 펼쳐지기도 하고, 중랑천을 따라 올라가면 잠원 지구와는 전혀 다른 소박한 분위기와 어르신들을 만날 수 있었다. 그렇게 2,3년간 매일같이 한강을 찾아가 달리거나 자전거를 타거나 농구를 했다. 그리고 새로운 운동을 배우기 시작하면서 한강과는 멀어졌다.

몇 년 후 한강을 다시 찾았다. 그사이 나는 두 번의 이직을 했고, 왼쪽 무릎은 연골연화증이 심해져서 더 이상 망원 유수지에서 농구를 할 수 없게 됐지만, 반갑게도 한강은 들어가는 입구부터 그 자리에 그대로 머물러 있었다(물론 해마다 공원을 가꾸고 조성하는 서울시 한강사업본부의 노력을 폄하하는 것이 아니라, 전체적인 분위기 차원에서). 얼굴을 때리면서 온몸을 감싸 안는 비릿한 강바람은 매일같이 드나들던 그 시절 그대로였다. 시원한 강바람과 늘어선 다리, 그 아래로 열심히 운동하는 사람들과 마주하니 오랜만에 만난 친구와 옛 이야기를 나누는 기분이 들었다. 그대로 있는 한강이 반갑고 고마웠다.

그 후, 꽃이 피는 계절이 돌아오면 일요일 늦은 오후 어김없이 난지 지구와 망원 지구 일대에서 자전거를 탄다. 서울에 올라왔을 때부터 지금까지 거의 유일하게 변함없이 그 자리를 지키는 서울의 풍경에 위안을 얻으면서 행복한 사람들을 구경한다.

길게 늘어지는 햇살, 온몸을 감싸 안는 시원한 강바람에 바스락거리는 나뭇잎, 찰나에 마주치는 사람들과 날벌레, 그리고 저마다 웃음과 여유를 머금은 기분 좋은 사람들이 쏟아내는 에너지는 행복이란 감정을 이미지화하면 이렇겠구나 싶다. 흐름에 방해되지 않는 선에서 천천히 달리며 사람들의 얼굴을 열심히 눈에 담는다. 넉넉한 한강의 품 안에서 행복한 사람들 사이를 스쳐 지나가면서 또 한 주 반복될 일상을 살아가기 위한 광합성을 한다.

평생 함께할 옷

남자치고 옷이 많은 편이다. 앞머리를 내놓고 모자를 쓴다거나, 비비크림을 바르며 외모를 가꾸는 그런 류의 남자는 아니지만 옷을 사는 쇼핑 자체를 좋아한다. 몇 달 전 10여 년 만에 이사를 했는데, 5톤 트럭 한 대면 거뜬하겠다는 이삿짐센터 사장님의 자신만만한 얼굴은 촘촘하게 수납해놓은 옷방에서 점점 굳어갔다. 먼저 견적을 내러 오신 여사장님이 혼자 사는 남자의 옷방이라고 하니 별반 대수롭지 않게 둘러본 탓이다. 나도 오랜만에 집에 손님이 찾아왔으니 이런저런 살림살이와 그간 터득한 수납 노하우도 자랑하고 싶었고, '스무스한' 이사를 위해 일러두고 싶기도 했지만 돈이 오고가는 협상의 자리였기에 꾹 참았던 터였다. 결국 예상 시간을 초과하고, 적재했던 짐을 다시 정리하는 난처한 상황이 벌어졌다. 이때 이분들은 결코 짜증나지 않았음을 강조하는 듯한 표정으로 난황을 전했는데, 그 평정심을 유지하는 노력에서 진정한 프로의 땀 냄새를 느낄 수 있었다.

평수를 줄여서 이사하다 보니 집을 구할 때부터 수납에 대한 걱정이 많았다. 다행히 새로 옮길 집 옷방에 열두 자짜리 붙박이장이 양쪽으로 마련돼 있었다(참고로 오늘날의 한 자는 30.3센티미터인데 평, 근, 돈 등과 함께 이제는 근절해야 할 일제의 도량형이다). 추가로 옷방 중앙에 거치형 행거를 하나 설치했다. 그런데도 막상 짐을 풀고 보니 수납 공간이 부족했다. 어쩔 수 없이 이케아에서 대용량 수납을 위한 리프트업 기능을 갖춘 오토만 침대를 샀다.

지난 몇 년간 꽤 많은 옷을 사 '모았다'. 따옴표에서 알 수 있듯 필요나 치장을 위해서라기보다 모았다는 데 방점이 있다. 일상성을 중시하는 나는 평생 함께할 수 있는 옷과 브랜드를 찾는다는 목적이 컸고, 또 쇼핑은 적적한 마음에 한잔하는 반주나 디저트와 같았다(이런 행위를 일반적으로는 현대인의 마음의 병이라 표현한다).

옷을 사는 기준은 이렇다. 니트의 경우 지리적인 특성과 매혹적인 역사가 깃든 아일랜드와 스코틀랜드, 캐나다에서 오랫동안 살아남은 브랜드의 제품을 주로 구매한다. 그러다 이탈리아에서 만드는 옛 선원들을 위한 덴마크 브랜드가 뜬다면 그것도 입어본다. 스웨트 셔츠나 워크 셔츠, 청바지는 필요나 유행이 아니라 각 브랜드가 내세우는 가치에 돈을 지불하는 편이다. 맨즈웨어 산업의 절정기였던 2010년대 초반, 미국 샌프란시스코산 청바지 브랜드와 일본 오카야마산 레플리카 브랜드들의 차이와 문화를 체험

하고자 다양한 브랜드의 셀비지 청바지들을 열성적으로 사 모았다. 그 결과 얼핏 보면 똑같은 바지만 수십 벌 갖게 됐다.

그렇게 옷을 사다 보니 매 시즌마다 찾게 되는 브랜드도 생겼다. 일본의 스펠바운드나 스코틀랜드의 윌리엄 로키, 독일의 어 카인드 오브 가이즈, 미국의 바튼웨어 같은 브랜드는 시즌별로 구매를 이어간다. 독일 남부 알프스에서 옛 방직기로 만든 스웨트셔츠나 포틀랜드나 마이애미의 크래프트 감성이 깃든 가죽 브랜드, 데일리웨어로 최고인 몇몇 일본의 젊은 브랜드들도 그 대상이다. 다시 말해 굉장히 일반적이고 평범한 취향을 갖고 있단 말이다. 2010년대를 기점으로 급성장한 맨즈웨어의 핵심 가치이자 차별화되는 마케팅 요소가 바로 크래프트십과 헤리티지이고, 여기에 소비로써 동참하는 거다.

나는 성장과 변화와 발전, 첨단의 세련미에 매력을 느끼지 않는다. 영국 컨트리 하우스 스타일처럼 최대한 변하지 않는 모습, 시간을 버텨내온 단단하고 때로는 고지식한 면에 흥미를 느낀다. 좋아하는 브랜드들이 주로 유럽이나 미국의 작은 공방에서 오랜 시간 살아남은 것들이나 일본 젊은이들의 집요한 산물들인 이유다. 시간을 이겨낸 변하지 않는 가치보다 날 감동시킬 수 있는 마케팅은 없다. 다만, 반자본주의를 지향하는 물건일수록 값은 비싸기 마련이라, 이런 관성이 이어지면서 살짝만 건드려도 바스러질 감자 칩처럼 굉장히 위태로운 재정 상황에 직면했다. 이렇게 비일상적인 글을 쓰는 것도 다 이유가 있다.

끝으로 글의 맥락과는 상관없이 경험에서 우러나온 당부를 한 가지 남기고 싶다. 어떤 경우든 절대로 살을 뺀 다음 입겠다는 생각으로 옷을 사면 안 된다. 살을 빼기도 쉽지 않지만, 살만 뺐다고 상상하던 핏이 나오는 건 절대로 아니기 때문이다.

운전을 하지 않는다

운전을 하지 않는다. 면허는 있다. 흔히들 그러듯 수능이 끝나고 남는 시간에 1종 보통을 취득했고, 그 사이 두 번 갱신했다. 실제 핸들을 잡아본 건 군대에서 잠깐, 그 후 간간이 한두 번 카트 타듯이 잡아본 게 전부다. 운전을 하지 않는 데 특별한 이유는 없다. 교통사고의 트라우마도, 서울의 거친 드라이버들에 대한 거부감이 큰 것도 아니다. 얼마 전까지 집을 알아볼 때면 대학 시절 학교 앞에서 원룸을 얻을 때처럼 월셋집만 찾아다녔듯이, 교통편이라고 하면 버스와 지하철을 생각했지 차를 구매해야겠다는 생각은 한 번도 해본 적이 없다. 서울은 자가용 없이도 사는 데 크게 불편하지 않은 도시여서 이 관성은 별다른 저항 없이 이어졌다.

우리 집에서 운전은 술, 담배와 함께 곧 '아빠'를 뜻했다. 다시 말해 어려서부터 이 세 가지는 내 일이 아니라고 생각했다. 아버지로 인한 불화가 적지 않게 벌어졌지만 기본적으로 아버지는 가장의 역할을 다할 때 행복을 느끼는 매우 가정적인 가장이었다. 우리 중 유일하게 가족이 모두 함께 모이는 자리를 좋아하고, 어딜 갈 때면 언제나 당연하다는 듯이 운전대를 잡으셨다. 대학을 다닐 때부터 지금까지 내가 집에 왔다가 돌아갈 때면 늘 기차 시간에 맞춰 기차역까지 데려다주시고, 심지어 부모님과 가장 오래 산 동생은 아버지를 한때 수행비서로 삼기도 했다.

내추릴 본 경상도 출신의 아버지는 다정다감과는 거리가 매우 멀지만, 가족을 위한 운전은 가장으로서 해야 할 당연한 의무이자 역할이라 생각하셨던 것 같다. 평생 이른 출근을 하신 적이 없는 데다, 원만한 생리 현상을 위한 아버지만의 빡빡하고도 확고한 오전 루틴을 갖고 계심에도 불구하고 과제물이 많던 동생의 등교 시간에 맞춰 아침마다 운전대를 잡으셨고, 늦은 밤 좋아하는 술도 못 드시고 픽업 서비스를 나가셨다. 지금은 동생의 딸, 즉 손녀와 병원 나들이를 비롯한 이런저런 일정을 함께하고 계신 걸로 알고 있다. 어쨌든, 아버지의 차는 곧 우리 집에서 아버지의 존재감과 마찬가지였다. 아버지의 물건이자 아버지 그 자체이다 보니 빌려 탄다거나 몰래 끌고 나갈 생각은 단 한 번도 하지 않았다.

그러다 보니 부모님의 차로 첫 운전을 시작한 대부분의 친구들과 달리 아버지 차는 내가 감히 손을 대거나 탐할 만한 물건이 아니었다. 나뿐 아니라 우리 남매 셋 모두 그랬다. 운전은 내게 아버지의 역할, 즉 어른이 된다는 상징과도 같았다. 운전 하면 가장 먼저 생각나는 단어도 가장이다. 내 일상이나 역할과는 거리가 먼, 내가 할 만한 일이 아니었다. 따라서 늘 아버지의 몫으로 남겨두는 관성이 자리 잡았다.

실제로도 아버지는 우리가 어렸을 때부터 장성한 지금까지 늘 본인이 자식들보다 낫다고 믿고 계신다. 경제력으로든, 주량으로든, 이런저런 일을 잘 처리하는 핸디맨으로든 여전히 가족을 보살필 여력이 되는 든든한 울타리라는 걸 확인하시며 뿌듯함을 느낀다. 자식 된 입장에서는 죄송하지만 일정 부분 사실이기도 하다.

아버지는 얼마 전 건강보험을 정산하다가 더 이상 시집 간 두 딸이 자신의 피부양자가 아님을 문서상으로 확인하고 굉장히 우울해하셨다고 한다. 그렇다면 이왕 이렇게 된 것, 나만큼은 여덟 살 때 아빠 뒤를 따라다니며 지냈던 시절과 별반 다르지 않게 지내는 것이 가족구성원으로서 할 수 있는 도리이자 영원한 가장에 대한 존중의 표현이라 생각했다. 어차피 나는 술 좋아하고 사람 좋아하는, 아버지가 생각하는 남자다운 타입이 아닌 데다, 어제까지 들은 잔소리가 콜라 줄여라, 과자 먹지 마라, 돈 모아라, 이런 종류의 것들이니 말이다. 굳이 관성을 깨고 아버지의 역할을

넘본다거나 나눠 짊어져야 할 별다른 동기가 없었다.

그러다 얼마 전, 집에 내려갔다가 아버지와 함께 차를 타고 마트에 갈 일이 있었다. 그런데 아버지가 "내가 일흔이 다 되어가는 나이인데 아들을 태우고 다녀야 하냐"는 짜증으로 시작해, '다른 집 애들'과의 비교로 넘어갔다가 넌 왜 운전도 안 하느냐고 핀잔과 푸념을 반복하는 턱에 역시 인생은 〈라쇼몽〉이라는 걸 다시 한 번 깨달았다. 일상의 관성은 언젠가 한계를 마주하기 마련이다. 슬프지만 이제 더 이상 미룰 수 없는 시간이 점점 다가오고 있다.

술, 담배 그리고 콜라

술과 담배를 하지 않는다. 커피와 차에 대한 조예도 없다. 식물성 유지가 잔뜩 들어간 믹스 커피만 아니면 괜찮은 수준이다. 술, 담배는 집안 그 누구에게도 환영받지 못한 아버지의 전유물이어서 자연히 관심이 가지 않은 탓도 있고, 담배에 중독되는 주요 통로인 또래 집단이나 군대에서도 유혹에 빠질 사정이 없었다. 특히 군대에선 운도 따랐다. 의경으로 군복무를 했는데, 당시 전의경 문화가 그렇듯 우리 경찰서에도 구타와 가혹행위가 꽤나 성행했다. 하지만 그런 불합리한 행태들 사이에서 매우 아이러니하게도 갈취는 일절 없었다. 몇몇 골초 고참들은 내 앞으로 지급된 담배를 웃돈을 주고 사갔다. 당연히 강권을 받을 일은 아예 없었다.

이런 환경도 영향을 미쳤겠지만 술, 담배에 관심을 갖지 않게 된 보다 직접적인 이유는 이미 인생을 함께하기로 한 기호식품을 만났기 때문이다. 콜라를 입에 댄 이후, 다른 중독 물질에 대해 관심을 가질 이유가 사실상 없었다. 콜라는 말 그대로 내 삶의 청량제이자 잠시나마 오아시스를 보여주는 신기루였다. 다른 기호식품이나 향정신성 물질은 비집고 들어올 틈이 없었다. 코카콜라는 인류가 멸망할 때까지 운명을 함께할 거라 확신한다.

회사 생활에 각종 글쓰기 아르바이트를 도와줄 부스터로, 운동 후 마시는 청량한 음료로, 센티멘털한 밤을 함께 지새울 우울의 동반자로, 그 어떤 상황에도 검은색 콜라는 어울렸다. 지난 10여 년간 평균적으로 하루에 콜라를 1.5리터씩 마셨던 것 같다. 그렇게 매일 마시다 보니 일반적으로 권장되는 콜라 음용법을 벗어나 조금 더 오묘한 맛을 탐닉하기 시작했다. 여름에는 500밀리리터짜리 작은 페트나 330밀리리터 캔을 대량으로 구비해 냉장고 맨 위 칸에 시원하게 보관해두고 레몬이나 라임, 혹은 직접 기른 애플민트를 곁들여 먹는다. 레몬은 4분의 1, 라임은 반으로 갈라 즙을 짠 다음 껍질째 파인트 잔에 넣고 얼음을 바닥을 채울 정도만 간다. 그리고 갓 딴 콜라를 붓고, 얇게 슬라이스 한 레몬이나 라임을 한 조각씩 띄운다. 갓 딴 콜라를 얼음 컵에 따르면 기포가 컵 밖으로 튀어서 끈적거리기 때문에 가능한 싱크대 안에서 둔각으로 기울여 천천히 따르길 추천한다.

애플민트의 경우 핵심은 유기농이다. 초여름에 애플민트 모종을 여러 개 사와 어느 정도 키운 다음 줄기를 잘라서 큰 화분에다 삽목 번식시킨다(이때 양분을 바로 생산할 수 있도록 최소한 잎이 다섯 개 이상

달린 줄기를 꺾어야 한다. 또한 잎이 난 바로 윗자리를 사선으로 잘라야 뿌리를 내리는 데 좋다). 그리고 줄기가 많이 자라면 작은 잎이 대여섯 개 정도 달린 어린 줄기를 잘라내 파인트 잔에 넣고 긴 스푼으로 어느 정도 짓이겨서 향을 낸 다음 얼음을 바닥에 깔고 탄산 기포가 향을 완전히 잡아먹지 않으면서 청량함을 유지하는 마지노선인 500밀리리터 페트 콜라를 넣어 즐긴다. 올해는 애플민트가 잘 자라서 주로 이 레시피로 마셨다.

　　그런가 하면 겨울철이나 밤에 먹는 데일리 콜라는 목젖이 탈 만큼 풍성한 탄산의 청량함은 어울리지 않는다. 따라서 에일 맥주를 즐기듯 실온에 두고 마신다. 여기서 나만의 방식은, 뚜껑을 따서 한 잔만 마시고 개봉한 채로 사흘 정도 김을 빼 설탕과 물과 탄산을 어느 정도 분리시키는 거다. 목넘김은 보다 부드럽고, 끈적한 끝맛은 길게 남는다. 청량함보단 묵직한 바디감을 즐기는 건데, 어느 정도의 불쾌함이 정신을 차리는 데 도움을 주어 나름 중독성이 있다. 그래서 일을 하다 지치거나 졸릴 때, TV를 보면서 입이 심심할 때를 위해서 집에 늘 이렇게 김 빠진 콜라를 떨어뜨리지 않고 준비해놓는다.

장난감

피터 팬 콤플렉스와 키덜트를 증오한다. 집에 장난감이 좀 있으면 다 같은 통속으로 범주화하는 풍토에 저항한다. TV에 나오는 여러 셀럽들이 베어브릭이나 이런저런 희귀한 일제 다이캐스팅 피규어, 세그웨이 같은 전동 제품들을 집 안에 장식해놓고 있는 것을 보면 좀 뭐랄까… 같은 장난감 애호가지만 그건 내 문화가 아니다. 아니, 보고 있으면 솔직히 내가 다 부끄럽다. 다 큰 어른이 장난감을 갖고 '내 취미는 이런 거야, 순수하지? 귀엽지?' 이러는 것까지는 참을 수 있겠는데 그걸 전시하듯이 내놓고 어린 시절 추억과 합금한다든가, 불이 들어오는 케이스에 가둬둔다거나, 박스째 보관하며 가격을 운운하는 모습들은 왠지 패션처럼 느껴진다. 게다가 키덜트, 피터 팬 콤플렉스를 소년의 순수함이나 크리에이티브와 연관 짓기 시작하면 듣는 내가 먼저 쥐구멍을 찾아 숨고 싶다.

키덜트와 우리는 뿌리부터 다르다. 우리가 장난감과 조우하고 연을 맺은 출발선이 유아기라면 오늘날의 키덜트족은 청소년기, 혹은 구매력을 갖춘 성인 이후에 유입된 사람들이다. 아예 서로 다른 종인 거다. 우리에게 장난감은 수집 대상이 아니다. 놀이 도구로 연을 맺고 관계를 이어온 일생의 동반자다. 몇 곱절은 더 살았지만 장난감에 처음 눈을 뜬 다섯 살

아이와 갖고 노는 메커니즘이 지금도 동일하다. 여전히 장난감은 상상의 세계로 건너갈 수 있도록 돕는 매개이며 친구다. 물론, 연륜이란 게 있다 보니 세계관의 깊이가 다섯 살 아이와는 비교가 되지 않겠지만 말이다.

내 침대 머리맡에는 요즘 애착인형이라 부르는 어린 시절부터 함께한 인형들이 여전히 같은 자리에 있다. 더 이상 안고 자진 않지만 변함없는 관계 속에서 함께 나이를 먹어가는 중이다. 나는 랜디 새비지 같은 남자라 귀엽고 어리게 보이는 건 질색이고, 다 큰 남자 침대에 인형이 있다고 놀림받을 수 있다 해도 이 부분만큼은 타협의 여지가 없다. 한번 맺은 연은 아무리 시간이 흘러도 녹슬지 않기 때문이다.

반면, 매스컴에 등장하는 키덜트족은 드론 같은 전동완구를 다루거나 일본 애니메이션이나 게임, 할리우드의 라이선스 제품들을 주로 '수집'한다. 즉, 장난감과 자신만의 세계를 창조하는 방식으로 관계를 맺는 게 아니라 자신이 푹 빠졌던 대중문화 콘텐츠를 경배하는 것에 가깝다. 접근 방식부터 관심사 종목, 즐거움을 산출하는 코드까지 모든 것이 다르다.

우리만의 비밀 세계에 푹 빠져 있던 탓에 어렸

을 때부터 건담이나 마블의 슈퍼히어로로 같은 라이선스 장난감들은 별로 갖고 싶지 않았다. 물론 받아쓰기에서 얼마 이상 받아오면 아버지가 사주셨던 장난감이 전부 〈썬더캣츠〉 피규어들이고, 초등학교 고학년 때 〈드래곤볼〉 캐릭터나 WWF 스타들의 피규어를 좀 사 모으긴 했는데, 내 손에 쥐어 내 방에 들어오는 순간, 그들은 전혀 새로운 캐릭터로 탈바꿈했다. 능력치, 스토리, 배경, 모든 것이 기존 콘텐츠의 캐릭터와 다른 인물이다. 이름이나 특징은 어느 정도 참조했지만 내 방에서 우리만의 월드와 이야기 속으로 들어온 그들은 더 이상 〈썬더캣츠〉 캐릭터나 레슬러가 아니었다. 따라서 전투력에 도움이 되지 않는 민간인을 고르지 않았던 것과 마찬가지로 〈스타워즈〉나 슈퍼히어로로, 건담처럼 이미 너무나 뚜렷한 세계관에 속해 있는 라이선스 피규어는 웬만하면 사달라고 조르지 않았다. 이미 탄탄한 스토리와 캐릭터를 갖춘 장난감은 그다지 매력적인 친구가 아니었다.

갖고 있는 장난감들 대부분은 중세 기사나 기병대처럼 전투 능력을 갖춘 것들이다. 책상을 지키는 이들은 영국 근위병 소대고 CD장을 지키는 건 경찰 특공대. 어렸을 때부터 알라모 요새 전투나 스위스 용병 이야기 같은 종말론적 세계관이 깃든 비장한 전투에 심취했던 관성이 작용한 까닭인데 지금도 내 방에서는 〈원탁의 기사〉와 〈반지의 제왕〉, 〈왕좌의 게임〉과 〈킹덤 오브 헤븐〉 그리고 여러 좀비물의 세계관이 결합된 이야기가 이어지고 있다.

수십 년간 진행되다 보니 꽤나 방대한 이야기다. 간략하게 요약하자면, 외부세력(이를 일컬어 바퀴벌레 군단이라 하는데 실제 바퀴벌레와는 상관없는 대량 복제된 인해전술군단의 별칭이다)의 대공습으로부터 내 방에 있는 모든 종의 장난감들이 단일대오로 힘을 합쳐 우리 세상을 지킨다는 이야기다(현실 물리 공간은 내 방이지만 눈으로는 볼 수 없는 나와 내 장난감들만의 세계가 있다고 믿고 있다). 병력 수가 심하게 비대칭을 이루지만 늘 버텨내는 일당백의 정예 전사들의 무훈과 무용담으로 빛나는 역사다.

그렇다고 긴 세월 동안 각박하게 전쟁만 했던 건 아니다. 삼성의 교타자였던 동봉철의 이름에 반해 프로야구에 입문했을 때나 농구대잔치 시절 허동택에 빠져 지낼 때는 장난감들을 여러 팀으로 나눠서 리그전을 치르기도 했다. 누나가 버린 장신의 바비 인형들까지 합류시켜 양성 통합 리그를 꾸렸으니 젠더 감수성 자체가 없는 마초는 아닌 셈이다. 물론, 당시 또래 친구들은 이와 같은 놀이를 컴퓨터 오락으로 하거나 직접 했다.

　장난감과 나의 관계에 위기도 몇 차례 있었다. 보통 열 살 전후로 또래 문화가 강해지면서 장난감에 점점 흥미를 잃게 되고, 대학생이 된 이후 밖에서 볼 일이 점점 늘어날수록 거리가 멀어진다. 그런 위기의 순간은 내게도 찾아왔는데 그럴 때마다 다행스럽게도 〈후크〉, 〈토이즈〉, 〈토이 스토리〉, 〈스몰 솔져〉 등 실제 장난감에 영혼을 담거나 동심을 극대화한 영화들을 만났다. 그러면서 우리 세계관에 확신을 가질 수 있었다. 특히 선악으로 나뉘어 전투를 벌이는 장난감들이 인간에게까지 전쟁을 선포한 조 단테 감독의 〈스몰 솔져〉는 〈닌자 키드〉, 구숙정의 〈의천도룡기〉와 함께 내 삶을 형성한 3대 영화라 할 수 있다.

　이렇게 장난감과 일상을 함께해온 내게 최근 들려오는 키덜트, 한정판, 동호회 등의 표현과 거기에 씌워지는 분위기는 영 어색하고 마뜩잖다. 장난감은 혼자 상상 속에서 갖고 놀 때 본연의 빛을 발하는 법인데, 키덜트 문화에서 이 부분은 아무도 주목하지 않는다. 장난감은 내게 추억의 산물이나 취향이 아니다. 오랜 세월 전투를 함께해온 전우이자 일상이다. 전시해놓거나 되팔 수 있는 관계가 절대로 아닌 거다. 긴 세월 함께해온 장난감들을 처박아두거나 되팔 정도로 아직 우리 세계의 낭만이 땅에 떨어지지 않았다. 그런데 키덜트족이 득세하면서 이 대서사시를 어디서 꺼내놓을 수 없게 됐다. 추억을 되살린다거나, 순수한 소년의 감성이라든가, 얼마나 희귀한 것들이 있느냐는 식의 평가와 질문들은 어린 시절부터 지금까지 쭉 장난감과 함께했던 내 일상에 대한 모독처럼 느껴진다.

얼마 전, 플레이모빌 벼룩시장에 다녀왔는데 원하는 아이템을 찾겠다고 피규어를 거칠게 함부로 뒤적이는 몇몇을 보고 큰 분노와 반감이 일었다. 그들에게 장난감은 분명 함께하는 친구가 아니라 잠시 지니는 전리품인 듯하다.

새로운 세대로 등장한 키덜트와 같은 부류로 취급당하고 싶지 않다. 어른이 되어서도 장난감을 여전히 갖고 노는 것과 어른이 되어서 장난감을 소비하는 것은 정말 다른 이야기다. 키덜트족의 득세는 마치 켈트족을 점령한 앵글로 색슨이 켈트족의 신화와 전설을 이리저리 엮어서 은근슬쩍 자기들의 영웅서사로 둔갑시킨 〈아서왕 이야기〉와 비슷하다. 장난감과 함께해온 관성에 대한 자부심은 뮌헨 지방에서 공표했던 맥주 순수령 같은 거라 봐줬으면 좋겠다. 특히 전자게임이나 전동완구를 좋아하는 친구들과 한 묶음으로 놓이는 건 정말 참기 힘들다.

플레이모빌

하루 일과의 가장 마지막 루틴은 잠자리에서 잠들기 전 하는 상상이다. 별별 생각을 다 하는 게 아니라 덮어둔 책을 다시 펼친 것처럼 내 방을 무대로 장난감들, 특히 플레이모빌을 중심으로 벌어지는 전쟁 이야기를 이어간다. 언제부터 시작된 일인지 가늠조차 할 수 없을 만큼 내 일상에서 가장 오래도록 지속되고 있는 관성이다.

지금은 집을 줄여 이사를 오게 되면서 적들의 대공습에 의해 풍요로운 땅을 잃고 작은 성에 고립되었다는 이야기가 한창 진행 중이다. 최근 기사들을 몇 명 더 구매한 것도 이런저런 전투에서 패한 병사들이 왕이 있는 이곳으로 속속 찾아오고 있는 흐름에 따라 이뤄진 쇼핑이었다. 플레이모빌을 지금까지 사 모으는 이유는 물욕이나 추억 때문이 아니라 이야기 전개에 따라 충원이 필요해서다.

미니 피규어라는 존재를 세상에 선물한 플레이모빌은 70년대 중반부터 90년대까지 어린아이들이 가장 갖고 싶어 하는 선망의 대상이었다. 1876년에 창립된 독일의 완구 기업 게오브라(Geobra)사에서 1974년 내놓은 플레이모빌은 반조립이란 특성 때문에 덴마크의 블록 완구인 레고와 많이 비교된다.

하지만 플레이모빌은 블록 장난감이라기보다는 미니 피규어에 방점이 있다. 피규어를 갖고 이런저런 스토리를 만들어나가는 스토리텔링에 특화된 장난감이다. 상상의 세계를 펼치는 소년 소녀들의 손에 주연 배우를 쥐여준 셈이다. 이러한 놀이 방식의 전환은 대성공을 거뒀다. 블록으로 어린이들의 마음을 사로잡았던 레고가 70년대 후반 갑자기 웃는 상의 미니 피규어를 내놓게 된 것도 플레이모빌의 선풍적인 유행 때문이었다. 나 또한 그 시대를 살아온 어린이로서 클릭키(klicky, 웃는 상의 플레이모빌 피규어 얼굴 디자인) 페이스의 플레이모빌 친구들에게 심하게 빠져들었다.

　당시 내가 살던 동네에서는 새로 론칭한 우주 시리즈와 전통의 중세 기사 시리즈가 각축을 벌였다. 부모님이 레고보다도 비싸다며 꽤 오랫동안 안 사주셨던 관계로, 친구 집에 놀러갈 때마다 여러 친구들의 다양한 셀렉션을 접하면서 나만의 취향을 확고히 갖출 수 있었다. 친구들의 선택이 점점 더 미래지향적인 취향으로 기울었던 것과 달리 나는 플레이모빌이 가장 처음 내놓은 클래식 중의 클래식인 중세기사와 서부시대 시리즈의 고증과 박력에 꽂혔다.

　언젠가 마트에서 드러눕고 카트에 매달리는 '땡

깡'을 부려서 부모님께 성을 하나 받아냈다. 그날 저녁의 기억은 없지만, 그다음 날 아침 눈을 떴을 때의 설렘은 아직도 생생하다. 모두가 잠들어 있는 고요한 집 안, 코팅된 종이박스의 촉감과 인쇄 냄새. 홀로 일어나 장난감 박스를 오래도록 만져보다 뜯었다. 너무 설레다 못해 나른해진 나머지 손가락에 힘이 들어가지 않아 박스와 비닐봉지를 뜯는 데 애를 먹었다. 뜯어도 뜯어도 또 나오는 패키지 구성에 흥분하며 성을 조립하다가 커튼 사이로 서서히 햇빛이 스며든 노란 방에서 진동하는 플라스틱 냄새를 맡으며 전율을 느꼈다. 그 후 이 성은 절대 함락되어서는 안 될 내 장난감들의 영혼이 깃든 성지이자 전설이 되었고, 지금도 내 방 한쪽에서 정예 기사들과 함께하고 있다.

플레이모빌의 매력은 이들이 가장 그럴듯하다는 데 있다. 7.5센티미터의 키는 전투력에 심각한 의심을 품게 하는 레고인들처럼 너무 작지도 않고, 최소 5인치(대략 12센티미터)에 달하는 피규어들처럼 너무 크고 사실적이지 않아 이야기를 입히는 데 적당하다. 미니 피규어가 중심이다 보니 레고처럼 다양하게 갖고 노는 확장성에는 한계가 있지만, 고증을 바탕으로 한 훌륭한 디자인은 플레이모빌을 배치하고 조명

하나만 달아놓으면 훌륭한 인테리어 아이템으로도 활용할 수 있을 정도다. 부품들도 레고보다 훨씬 사실적이다. 컵, 의자, 갑옷, 깃털과 같은 작은 물품들의 디테일과 색감이 아름답다. 서로 마주보는 시선을 잘 처리하고 깃발 같은 것들을 바람의 방향에 맞게 정리해서 모아놓으면 장난감이나 장식품이 아니라 실제로 살아 숨 쉬는 공간처럼 느껴진다. 물끄러미 들여다보고 있자면 정말 내가 그들의 세계에 들어와 있는 듯한 착각이 들 정도다. 물론, 색감과 디테일이 요란해지기 시작한 2010년대 이전의 플레이모빌에 한정된 이야기다.

플레이모빌의 또 하나의 매력은 세월을 가로지르는 힘에 있다. 지금 우리 본부로 쓰고 있는 성곽은 30년 전에 부모님이 사주셨던 성을 원형으로 만든 것이다. 그 성에 함께 들어 있던 피규어의 발바닥에는 자랑스럽게도 해당 시리즈의 생산년도이자 플레이모빌 원년인 '1974'가 찍혀 있다. 이런 베테랑들과 2010년대 즈음에 새롭게 태어난 병사들이 큰 이질감 없이 함께 어우러진다. 플레이모빌은 시간을 가로지를 줄 아는 일상성이 깃든 물건이다.

그런데 슬프게도 플레이모빌도 점차 레고처럼

변하고 있다. 10여 년 전쯤 매출 감소를 겪던 레고가 자체 제작 애니메이션인 〈닌자고〉를 제작하면서 장난감 시장의 패러다임과 세계관은 완전히 달라졌다. 요즘 시대 어린이들의 취향인지, 그래야만 한다고 생각한 강박인지, 레고 머리로 대변되던 단정한 헤어스타일과 정돈된 블록들은 화려한 헤어스타일과 각양각색으로 물들인 블록들로 화려하게 변했다. 그리고 아이들은 콘텐츠의 굿즈로 레고를 즐기기 시작했다. 〈닌자고〉의 성공은 아이들이 손으로 갖고 놀면서 스스로 상상력을 키워가는 완구의 세계에서 〈스타워즈〉 시리즈나 할리우드 히어로 영화들과 같이 이미 완성된 스토리를 지닌 라이선스 제품들의 세계로, 놀이의 세계관이 이동하는 계기가 됐다. 그리고 레고는 침체를 겪고 있다.

플레이모빌도 마찬가지의 길을 걷는 중이다. 플레이모빌 자체 애니메이션인 〈슈퍼 4〉를 만들고 기존 피규어들과는 형태부터 달라진 플레이모빌을 내놓기 시작했다. 〈드래곤 길들이기〉, 〈고스트버스터즈〉, 〈닥터 후〉 같은 라이선스 시리즈를 출시했으며 앞으로 점점 늘려나갈 계획이라고 한다. 오묘했던 색감은 2010년대를 전후해 선명하고 화려해지면서 조잡하게 변했다. 다양성을 추구한 것이겠지만 늘 웃는

상이었던 얼굴과 톱니바퀴 앞머리도 못된 표정과 구린 머리 모양으로 안 예쁘게 변했다. 30년 전 록스타들이 뮤직비디오를 처음 봤을 때 느꼈던 기분이 이런 것일까.

변함없는 힘, 고증에 방점이 찍힌 플레이모빌을 사랑했던 나는 점점 고립되어가는 중이다. 이제 아무리 세일을 해도 빈티지가 아니고서야 갖고 싶은 플레이모빌을 찾기가 힘들어지고 있다. 언젠가 병력 보강이 절실한 순간이 올 텐데 지금 흐름으로는 전력 유지마저도 심히 우려가 된다. 아무래도 길고 긴 겨울이 찾아올 것 같다.

주방용품

어려서부터 주방을 갖고 싶었다. 스타 셰프를 꿈꿨던 것도 아니고, 지금도 요리를 썩 좋아하진 않는다. 아마도 어린 시절부터 갖고 있는 사대주의 탓일 것이다. 〈나 홀로 집에〉, 〈케빈은 열두 살〉이나 팀 알렌이 디트로이트를 배경으로 만든 가족 시트콤 〈아빠 뭐 하세요?〉와 같은 여러 미국 드라마와 영화를 보면서 미국 중산층의 주거 환경을 굉장히 부러워했다. 아이들은 각자의 방을 갖고 있었고, 부모님의 간섭을 받지 않고 저마다 취향과 개성이 드러나도록 꾸몄다. 단출한 우리네 아파트와 달리 집에는 다양한 콘셉트의 공간이 존재했고, 그중에서도 온가족이 함께 모이는 부엌은 가장 인상 깊은 공간이었다.

뒷마당과 연결된 부엌문, 개수대가 설치된 아일랜드 바, 넓은 싱크대 위에 조리도구나 프라이팬을 걸어둘 수 있는 레일, 책꽂이처럼 세로로 수납하는 접시 수납장과 수많은 머그컵, 냉장고에 어지럽게 붙어 있는 자석과 메모와 사진, 그리고 항상 그 옆에 자리한 전화선이 긴 집 전화기…. 대형 냉장고는 늘 꽉 차 있고, 그것으로도 모자라 우유와 주스, 음료수, 시리얼, 과일 등을 담은 종이봉투를 한 아름 안고 와 아일랜드 바 위에 차 키와 함께 올려둔다. 그렇게 사온 주스와 우유를 저그에 옮겨 담아 식탁 위에 턱 내놓고 온 가족이 모여 앉아 함께하는 저녁이나 시리얼과 팬케이크로 간단한 요기를 하는 아침식사 풍경은 어린 시절 내 눈에 NBA 경기장의 화려한 조명과 함께 선진국의 이미지로 인식됐다. 뭔가 번잡한 가운데 행복과 풍요가 깃들어 있다고 느꼈다.

그래서 일상의 중심이 되는 멋진 부엌을 갖고 싶었다. 대학 입학 후 원룸과 옥탑을 전전하는 삶을 살 때도 다른 조건보다 부엌에 신경을 썼다. 현관에 부엌이 붙어 있다거나 웍을 돌릴 맛이 안 나는 인덕션 레인지가 빌트인 되어 있으면 아무리 밀레라고 해도 무조건 탈락이었다.

물론 현실은 냉정했다. 부엌에 대한 동경과 애착을 어느 정도 실현할 수 있는 공간을 마련하기까지 꽤 오랜 시간이 걸렸다. 그러는 사이 나의 욕망은 주방용품 쪽으로 선회했다. 잠시 머물다 가는 월세집이더라도, 사는 동안 만큼은 품격 있는 일상이 자리 잡은 공간이길 바랐다. 검은 봉지에 삼각김밥, 콜라, 컵라면을 사와서 컴퓨터 앞에서 인스턴트 용기째 나무젓가락으로 뭔가를 집어먹는 건 내 일상에 들어올 수 있는 풍경이 절대로 아니었다.

순대를 한 봉지 사서 먹어도 순대를 옮겨 담고

소금을 종지에 따로 찍어 먹을 수 있게, 상황에 맞는 접시와 그릇이 필요했다. 당시는 지금처럼 오랫동안 혼자 살게 될지 몰랐기 때문에 어떤 종류의 식기를 사든 최소한 두 명 이상이 함께 식사한다는 설정 하에 이에 맞춰서 식기를 늘려갔다. 이때가 2000년대 중반이었다.

인터넷을 뒤지다가 남대문 지하상가로 갔다. 처음에는 어색했는데 사장님들이 먼저 카페 창업 준비 중이냐고 물어보시며, 모두 친절하게 대해주셨다. 그렇게 인터넷 쇼핑몰에서만 봤던 실물들을 만져보고 돌아가는 분위기도 느끼면서 유행을 최대한 피해 하나둘 구매하기 시작했다. 일상성을 추구하다 보니 화려한 패턴이 들어가거나 고풍스런 그릇보다는 어느 순간에서도 튀지 않고 일상적인 분위기를 자아내는 세라믹 소재의 북유럽산 식기들에 관심을 갖게 됐다. 머그컵은 세일 기간에 공격적으로 모았다. 이후 색깔은 화려하지만 따뜻하고 소박하며 저렴한 포르투갈제 그릇들을 들여다보다가 제이미 올리버에게 영향을 받아 나무 도마를 비롯해 별로 선호하지 않는 법랑 제품들까지 많이 구매하게 되었다. 돌이켜보면 어느 순간 옆길로 샌 것이다.

조리도구는 시행착오의 역사이기도 했다. 통알루미늄 팬의 유행과 그 이후 찾아온 주물 팬과 냄비에 꽂혀서 한동안 고생스런 살림을 살았다. 독일제 알루미늄 팬에 이어 유서 깊다는 일본 무쇠 웍과 프랑스제, 독일제, 스웨덴제 주물 팬과 냄비를 주로 사 모았는데, 특히 독일제 주물 팬들은 그 무거운 걸 걸어둘 벽만 있다면 인테리어 소품으로 활용해도 훌륭할 만큼 남성미가 있었다. 다만 세척, 보관, 조리 시간 등에 있어 알루미늄 팬보다도 손이 많이 가는 데다, 계란 하나 굽겠다고 몇 분간 그 두꺼운 철을 달구는 것은 탄소 배출 차원에서도 옳지 않았다. 사실 팬이야 어떻든 냄새와 기름 때문에 고기나 연어를 구울 일이 많지 않았다. 또 어차피 찌개와 국을 안 먹으니 냄비로는 카레 말고 해먹을 요리가 없었다(물론 무쇠 냄비로 끓이는 저수분 야채 카레 요리는 최고다). 그럼에도 한번 불붙은 소비의 관성은 멈출 줄 모르고 이어져 샐러드마스터와 버미큘라에 이르러서야 가까스로 멈출 수 있었다.

이토록 지난한 여정은 나만의 엑스칼리버를 찾는 과정에서도 똑같이 반복됐다. 백강, 청강으로 나뉘는 탄소강, VG10을 비롯한 스테인리스 스틸 등의 소재부터 시작해, 용도별(중식도, 셰프 나이프 등),

국적별(일본제, 독일제 등)로 두루 사보고 경험한 끝에 가정에서 관리하기 쉽고 절삭력도 수준급인 독일제 고탄소강 스테인리스 산도쿠에서 평온을 찾았다.

지금 팬과 냄비는 딱 네 가지만 쓴다. 식당에서 많이 쓴다는 바닥이 얇은 엑스칼리버 강력코팅 팬, 두터운 불소수지 코팅을 입힌 일제 웍, 두터운 티타늄 코팅의 알루미늄 주물 팬, 그리고 법랑으로 코팅한 버미큘라 주물 냄비. 몸 건강도 좋지만 정신 건강을 고려해 코팅한 제품만 쓴다. 좋다는 것, 유행하는 것들을 쫓았지만 결국 곁에 남는 건 가장 일상적이고 실용성 높은 제품들이다.

플레이 리스트

일상에 대한 이야기를 하다 보니 불가피하게 취향과 그 뿌리에 대해 한 번쯤은 이야기해야 할 것 같다. 미국 시트콤과 어린이 외화, NBA와 EBS 라디오 영어 교육방송은 지금의 나를 이루는 모태다. 미리 밝히지만 영어는 못한다. 그 이유는 다음과 같다.

초등학생 시절 엄마는 영어 공부를 하라고 EBS 라디오 방송을 때에 맞춰 녹음해놓고, 교재도 꾸준히 사주셨다. 그런 정성으로 마련한 시청각 자료지만 당시 내겐 그저 종이 뭉치와 플라스틱 더미였다. 그러던 4학년 혹은 5학년의 어느 여름날, 늘 그랬듯 어쩔 수 없이 삼엄한 감시를 받으며 녹음된 카세트테이프를 틀어놓고 앉아 있는데, 남자 선생님이 대략 '굳이 틀고 싶진 않은데 미국에서 요즘 엄청난 유행이고 미국 아이들 생일파티에서 꼭 틀어주는 곡이다'는 식으로 밑밥을 깔았다. 늘 활기와 긍정적인 에너지로 가득했던 선생님의 썩 내키지 않는다는 듯한 태도에 끌려서 모처럼 집중했다. 이어서 노래가 나왔고, 끝난 뒤 잠시 정적이 흐른 다음 여자 선생님이 어색하게 말했다. "우와 아이들 난리 나겠네요. 그런데 우리 아이 생일 파티에서는 틀어주고 싶진 않네요. 호호호." 두 사람이 이런 식으로 뼈 있는 대화를 주고받은 뒤 별다른 설명 없이 방송이 마무리됐다. 재빨리 되감아서 다시 들었다. 그 곡이 바로 너바나의 ‹Smells like teen spirit›이었다. 그전까지 TV에서 듣던 가요와는 전혀 다른 분위기도 흥거웠지만 선생님들의 당혹스러워하는 반응과 오늘날 미국 애들의 감성이라는 점에 더욱 매료됐다.

며칠이 지난 후에도 그 노래가 자꾸 머릿속에 맴돌았다. 그런 적은 없었다. 세 개의 코드만으로 이루어진 기타 리프를 흥얼거리는 나 자신을 발견하면서 무엇이 이토록 인상적으로 다가왔는지 그 실체를 보다 더 가까이에서 만나고 싶었다. 당시 용돈이 형편없었기 때문에 동네 레코드점에서 앨범 《Nevermind》 테이프를 사기까지 시간은 꽤나 걸렸다. 그 이전과 이후로 세상은 아무것도 바뀐 것이 없지만 내가 처음 레코드점에 들어가 앨범을 산 역사적인 순간이었다.

여정은 그렇게 시작됐다. 고등학교 졸업할 때까지 우유 값이나 문제집 비 일부, 세뱃돈, 오락실 출입 자제 등 모든 방법을 총동원해 악착같이 돈을 모아서 록, 팝, 힙합의 계보를 지도 삼아 여행을 했다. 주변에 비슷한 취미와 관심사를 가진 사람은 아무도 없었지만 음악 잡지와 『헤비메탈 대사전』류의 책을 사고 테이프를 모으며 방 안에서 혼자만의 세상을 구축해나갔다. 외로움과 설렘이 공존하는 일종의 카약킹 같은 거였다. 그렇게 돌아다니며 찍은 좌표들은 십대 시절 내 삶을 연대기화 할 수 있는 가장 확실한 지표가 됐다. 그 후 2000년대 초중반 나에겐 괴식처럼 다가온 린킨파크와 카니에 웨스트 사이에서 좌표는 더 이상 업데이트되지 않았다.

아이폰으로 음악을 듣는 지금도 그때 그 시절의 음악만 듣는다. 10여 년째 출근길은 데이브 롬바르도의 무자비한 드럼과 다임백 대럴의 면도날 기타 리프, 단신남들의 영웅인 앵거스 영의 폭발적인 에너지로 심장박동수를 올려주는 연주들로 활기찬 하루의 포문을 연다. 출근길에 자주 마주치는 마음에 드는 행인을 오늘도 만나길 기원하는 마음에 〈Sweet child O' Mine〉을 찾아 틀고, 주다스 프리스트를 들으며 미리 하루의 스트레스를 예방하는 진통제를 맞고, 메탈리카를 들으며 방전된 배터리를 완충한다.

퇴근할 때는 한가로운 걸음걸이에 리듬을 맞출 수 있는 힙합을 주로 듣는다. 요즘 〈쇼미더머니〉에 나오는 그런 힙합이 아니고 피트락 앤 씨엘스무스, 쇼비즈 앤 에이지, 갱스타, 더 비트너츠, 몹 딥,

빅 엘, 하우스 오브 페인, 매소드 맨과 올 더티 배스터 드 등 주로 90년대 뉴욕의 퀸즈나 스탠튼 아일랜드, 브롱크스의 뒷골목에서 만들었을 법한 노래들이다. 그 밖이라 해 봐야 탈립 콸리와 모스 뎁, 라파엘 사딕 과 토니 토니 토니 정도다. 무더운 여름날에는 투팍의 〈California Love〉를 듣고, 정말 별다른 일이 없어서 뿌듯한 날에는 레어 어스를 들으며 자축한다.

그렇다고 전적으로 십대 소년 취향인 건 아니 다. 햇살 좋은 나른한 주말 오후에는 벨 앤 세바스찬 을 꺼내서 틀 줄 알고, 왠지 야심하다는 느낌이 드는 밤엔 라디오헤드의 《OK Computer》 앨범이나 데 이비드 보위, 심지어 롤러코스터 앨범을 선택하기도 한다. 어쨌든 가장 최근에 업데이트된 청춘 송가가 〈Bitter Sweet Symphony〉일 정도로 내 플레이 리스 트는 여전히 그 시절의 관성이 지배하고 있다. 늘 변 함없는, 그 자리에 있는 내 모습을 극명하게 드러내 는 화석이다. 업데이트를 멈춘 플레이 리스트에 걸 맞게 2010년 아이폰을 사용하기 전까지는 중학생 때 산 소니 CDP와 CD 열 장을 수납할 수 있는 알루미늄 CD케이스를 들고 출퇴근했다. 그렇게 밴 오랜 습관 때문에 지금도 길에서 웬만해서는 뛰지 않는다.

구숙정과 장래 희망

몇몇 사람에게는 미안하지만 고백컨대 내 마음을 사로잡은 여인은 지금까지 단 한 명뿐이다. 토끼를 닮은 얼굴, 앵두 같은 입술, 눈웃음만으로도 가슴 떨리게 만드는 〈의천도룡기〉의 소소(구숙정)를 처음 본 순간 전자파 이외에도 브라운관에서 뿜어내는 파장이 있다는 사실을 알게 됐다. 그녀의 웃음은 만물이 소생하는 봄의 생기를 닮았고, 그녀의 몸짓에서는 5월의 갓 피어난 초록 잎사귀가 품은 싱그러움이 터져 나왔다. 연애는 청춘드라마 따위에나 나오는 장사치들의 수작이라고 치부하던 냉소적인 중학생의 가슴에 '짝사랑'이란 감정이 벚꽃 비처럼 흩날렸다. 이때부터 일상의 모든 우선순위가 뒤바뀌었다.

홍콩 영화배우 구숙정은 청소년기의 내게 가장 큰 영향을 끼친 인물이다. 그녀의 필모그래피를 추적하는 열정은 하루하루를 살아가게 만든 추동력이었다. 심지어 당시 박산하의 『진짜 사나이』에 심취해 남자의 도를 중시했던 내가 구숙정 사진 한 장 갖고 싶어서 한 번도 타본 적 없는 노선의 버스에 몸을 싣고 번화가 지하상가를 찾아가기도 했다. 지금까지도 이정도로 내 일상을 뿌리부터 송두리째 뒤흔든 위기의 사건은 없었다. TV에서 그녀를 만나기 이전과 이후의 나는 완전히 달라졌다. 별다른 진로 상담이나 고민 없이 영화 관련 업을 장래 희망으로 정했다. 아무도 안 물어보긴 했지만 진로나 장래 희망과 관련해서는 늘 연극영화과, 영화감독 혹은 평론가라고 썼다. 그 길만이 그녀에게 한 걸음이라도 더 다가가는 법이라고 여겼다.

방과 후 도장 깨기를 하듯 온 동네 비디오방을 쏘다녔다. 비디오 케이스를 일일이 다 꺼내서 '邱淑貞' 세 글자를 발굴하듯 찾아 헤맸다. 그녀의 필모그래피를 추적하던 이 집념은 일상으로 녹아들어 영화를 즐겨보는 관성이 되었고, 훗날 잠시나마 영화계 관련 언저리에 다가갈 수 있는 힘으로 작동했다고… 믿는다.

우리나라에선 구숙정을 그저 〈외전혜옥란〉이나 〈적나고양〉 시리즈로만 기억하는 사람들이 많다. 정말 안타까운 일이다. 1년에 열세 편 정도는 찍어냈던 왕성한 창작욕의 화신 왕정 감독의 페르소나였던 그녀의 필모그래피를 몇몇 작품으로만 재단하긴 곤란하다. 〈도신2〉, 〈소림오조〉, 〈의천도룡기〉, 〈녹정기〉, 〈이연걸의 탈출〉, 〈추남자〉 등등 구숙정은 역할과 장르를 불문했다. 무엇보다도 작품의 성격에 맞춰 자신이 가진 매력을 적절하게 끄집어낼 줄 아는 최정상급의 팔색조 배우였다.

장난기 어린 귀여운 얼굴과 당찬 표정은 코믹에서, 태극권을 특기로 삼은 운동신경은 액션에서, 미스 홍콩 출신다운 168센티미터에 이르는 당시로서는 탈아시아급의 타고난 몸매는 에로에서 각각 빛을 발했다. 맡은 배역을 스펀지처럼 빨아들여 척척 소화하는 넓은 연기 스펙트럼은 그녀의 최대 매력이었다. 무엇보다 1999년 결혼 발표와 함께 은퇴하기 전까지 1980년대 홍콩 뉴웨이브를 선도했던 작가주의 감독 관금붕의 영화에 주로 출연할 정도로 연기에 대한 열정 또한 컸다. 청순함부터 농염함까지 상황과 때에 맞춰 제대로 끌어낼 줄 아는 구숙정은 잿빛 도시의 방황하는 청춘과 시끌벅적한 남자의 세계를 동경한 90년대 홍콩 영화계와 내 십대 시절을 화사하게 빛내준 꽃병이었다.

내 삶의 박차

전혀 일상적이지 않은 이 작업을 하게 되면서 내 삶에서 가장 소중한 것에 대해 돌아볼 기회를 가졌다. 가족, 건강, 일, 인류지대사와 관련된 것들을 제외하고 가장 지키고 싶은 일상의 울타리, 매일같이 별일 없는 하루를 지탱해주는 가장 강력한 관성은 무엇일까. 답을 찾기까지 그리 오랜 시간이 필요하지 않았다. 지난 20여 년간 언제나 그 자리에 있으면서 일상의 희로애락을 함께한 건 샌안토니오 스퍼스였다.

스퍼스는 한 번도 내게 호의를 베푼 적 없는 세상이 이를 가엾이 여기사, 그나마 정붙이고 살 수 있도록 내려준 하늘의 은혜였다. 단언컨대 이 팀을 만나기 전까지 내 삶에서 빼야 할 것은 권태였고 더해야 할 것은 경상도 말로 '애살'이었다.

극동의 분지에서 살던 내가 멕시코와 경계한 세계 최대 나초 산지에 자리 잡은 미국의 한 농구팀과 지고지순한 애정을 맺은 건 마이클 조던의 불스 다이너스티가 창대하게 빛을 내던 바로 그때다. 90년대 NBA는 농구의 신 마이클 조던을 앞세운 슈퍼팀 시카고 불스를 필두로 각 팀마다 하나둘 존재하는 자부심과 개성이 강한 스타들이 조던에 도전장을 내미는, 미국 특유의 지역주의가 빛을 발하던 군웅할거의 시대였다. 다른 미국 프로 스포츠와 마찬가지로 NBA도 동서 지역 구도로 나뉘고 결승전은 동부 지구와 서부 지구의 우승자가 자웅을 겨루는데, 그 승자에게 '월드챔피언'이란 호칭을 붙이는 지극히 아메리칸다운 세계관과 자부심으로 화려하게 치장하고 전 세계인들을 성공적으로 호객했다.

조던의 에어워크가 일으킨 '지구촌 농구붐'은 한반도에도 안착했다. 비록 경기는 못 보지만 아파트 상가마다 NBA 카드를 파는 매장이 생길 정도로 광풍이 일었다. 지금이야 1년에 20만 원 정도를 지불하면 모든 NBA 경기를 언제 어디서든 무엇으로든 볼 수 있지만 당시는 공중파로 접할 수 있는 통로는 AFKN 주말 방송뿐이었다. 물론 위성접시에 관심을 둔 얼리어답터 아빠를 가진 아이들은 홍콩 스타TV나 NHK로 접할 기회가 있었긴 했다. 불행히도 치맛바람 어머니들의 커뮤니티가 가족의 일상을 지배했던 우리 동네에서는 TV가 공부에 방해된다고 있던 TV도 없애는 판국이어서 대부분 그런 행복을 누리지 못했다. 따라서 우리에게 NBA는 띄엄띄엄 본 잡지에서 접한 정보와 만화 『슬램덩크』의 세계관이 결합한, 입에서 입으로 전해지는 일종의 구전 스포츠였다. 아마도 그래서 더욱 경배할 수 있었던 것 같다.

대부분의 친구들이 마이클 조던과 그의 동료 스카티 피펜 사이에서 고민할 때 나는 블랙 앤 실버 유니폼을 입고 단정한 스포츠머리를 한 탄탄한 몸을 가진 센터에게 왠지 모르게 끌렸다(그전까지 가장 좋아하는 농구 선수가 김유택이기도 했다). 에이스라고 하는데 화려하지도, 나서지도 않고 골대 밑을 든든히 지키며 다른 선수들의 뒤를 받쳐줬다. 비취색과 핑크색과 겨자색으로 꾸민 레트로한 팀 로고도 굉장히 이국적이었다. 첫인상도 매력적인데, 그의 말 근육 뒤에 숨겨진 스토리는 더 멋있었다.

그는 고교 시절까지 정식 농구 선수가 아니었다. SAT에서 1320점을 받은 수재로, 해군이던 아버지의 뒤를 이어 해군사관학교에 수학 전공으로 입학했다. 그즈음 키가 비약적으로 크면서 대학농구 1부 리그와는 거리가 먼 해사에서 농구부 생활을 시작했고, 천부적인 신체적 재능과 성실함으로 대학 무대를 빠르게 평정하며 1987년 스퍼스에 전체 1순위로 지명됐다(지금까지도 미 해사가 배출한 유일한 NBA 선수다). 당시 해사 출신으로 의무를 다하느라 2년째 시설 장교로 군복무 중이었는데, 남은 복무 기간을 모두 채우고 군을 떠나고 싶다고 해서 2년 뒤인 1989년에 데뷔했다. 스퍼스 입장에서는 막대한 손실이었지만 애

초에 이 조건을 내걸고 드래프트에 참가했기 때문에 어쩔 수 없었다.

다른 흑인 농구 선수들과 달리 꽤 부유한 가정에서 엄격한 교육을 받고 자란 그는 실력만큼이나 인성을 겸비한 데다 문화적 취향도 고상했다. 그래서 당시 유행하던 힙합 패션과 문신, 흑인들의 슬랭은 아예 하지도 쓰지도 않았다. 재입대를 거절당하긴 했지만 90년 걸프전이 발발했을 때는 수십 억의 연봉을 마다하고 예비역으로서 걸프전에 참전하겠다고 자원했던 애국 시민이기도 했다. 그리고 십수 년이 흐른 후, 그는 스퍼스와 종신계약을 맺었다. 이 비정한 세계에서 절대로 존재할 수 없을 줄 알았던 이 전무후무한 계약은 당시 KBS와 MBC 스포츠 뉴스에서도 방송될 정도로 대단한 사건이었다. 이 계약은 내게 큰 울림을 남겼다.

90년대 후반, 전성기에서 내려오던 시점이었지만 그는 여전히 팀의 에이스이자 리그에서 손꼽히는 스타였다. 그런데 자존심을 내려놓고 까마득한 신입에게 자신의 자리를 양보하더니 멘토 역할을 자처했다. NBA 역사상 이런 사례는 없었다. 1989년부터 2003년까지 줄곧 스퍼스에만 머물며 가족적인 문화와 신뢰를 뿌리내린 그는 두 번째 우승 트로피와 함께 샌안토니오 시의 모든 사람들에게서 축하를 받으며 영광스럽게 은퇴했다. 그리고 지금도 샌안토니오에 살면서 목사이자 색소폰 연주자이자 자선사업가로 존경을 받고 있다. 여기까지가 바로, 전설의 4대 센터 '해군 제독' 데이비드 로빈슨의 이야기다. 그리고 이 이야기는 1997년부터 2016년까지 똑같이 한 번 더 반복된다.

미국령 버진 아일랜드에 사는, 미래의 국가 대표감으로 여겨지던 전도유망한 열네 살 수영 선수 팀 던컨은 1989년 허리케인 휴고 때문에 훈련장이 박살나면서 훈련 일정에 차질을 빚게 된다. 미국 본토로 건너갈 형편은 안 됐고, 코치가 바다에서 훈련을 하자고 제안했지만 상어가 무서워서 거절했다. 그런 혼돈의 시기에 어머니를 잃는 아픔까지 겪으면서 수영을 그만둔다.

열다섯 살, 다소 늦게 농구 선수로 전향했지만 로빈슨과 마찬가지로 천부적인 재능과 성실함으로 대학 신입생 시절에 이미 대학 최고의 스타이자 NBA에서도 무조건 통할 선수로 널리 이름을 알리면서 온갖 구애가 쏟아졌다. 그즈음부터 고교 졸업 후나 대학 무대를 1, 2년만 경험하고 프로의 세계로 뛰어드는 트렌드가 퍼졌기 때문이다. 하지만 던컨은 대학 학위를 꼭 땄으면 좋겠다는 어머니의 유언을 지키기 위해 졸업반 시절까지 대학에 남았다.

그다음 이야기는 19년간 블랙 앤 실버 유니폼만을 입고 다섯 번의 NBA 챔피언, 두 번의 리그 MVP, 세 번의 파이널 MVP와 신인상 수상… 농구 역사상 가장 위대한 파워포워드 팀 던컨의 스토리다. 꺼벙한 무표정과 최악의 패션 센스, 겸손한 태도와 마이너한 유머 감각, 미스터 기본기로 불리는 화려하지 않은 플레이 스타일 때문에 당대 최고 슈퍼스타급의 인기를 얻진 못했지만 샌안토니오는 던컨과 함께한 19시즌 동안 모두 플레이오프에 진출했고, 1999~2000시즌부터 17시즌 연속 50승 이상을 기록했다. 또 던컨은 19시즌 동안 정규 리그에서 1072승 438패, 승률 71퍼센트를 기록했다. NBA 역사상 한 팀에서 1000승을 거둔 유일한 선수이며, 같은 기간 미국 4대 프로 스포츠를 통틀어 이보다 더 좋은 승률을 기록한 팀은 없다. 그리고 이 스토리는 2011년부터 지금까지 2014년 파이널 MVP, 2년 연속 올해의 수비상, 3년 연속 NBA 수비팀에 선정된 그 이름도 사랑스러운 카와이 레너드에 의해 다시 한 번 반복되고 있다*.

이것이 지난 20여 년간 내 일상을 지지해준 샌 안토니오 스퍼스의 문화이자 역사다. 1996년부터 지금까지 팀을 이끌고 있는 그렉 포포비치 감독(코치 팝)부터, 중장비 사업을 하는 구단주와 중심 선수들은 내가 고등학교를 졸업하고, 대학에 들어가고, 군대를 다녀오고, 취업과 이직을 할 때도 언제나 그 자리에 그대로 있었다. 중심 선수들은 데뷔부터 은퇴까지 팀에 머물렀고 샌안토니오에 남았다. 하나같이 자신이 돋보이거나 좋은 기록을 쌓는 스타가 되는 것을 꿈꾸지 않으면서도 최고가 되는 방식을 추구했다. 이

---

* 그런데 카와이 레너드는 지난 시즌 NBA 역사상 최초의 묵언 태업을 했다. 팀과 선수 간의 불화는 종종 있는 일이지만 에이스이자 프랜차이즈 스타가 이러는 경우는 비슷한 사례도 없다. 그것도 스퍼스라는 가족적인 조직 내에서 벌어져 의문에 의문이 끊이질 않는 드라마가 펼쳐졌다. 끝끝내 그의 목소리로 사건의 진상을 알 순 없었지만 삼촌을 통해 고향인 LA로 가고 싶다는 말만 있었다. 스퍼스 구단은 진실 공방을 벌이지 않고 작별을 택했다. 샌안토니오 출입기자들에 따르면 스퍼스 구단은 끝까지 카와이를 보호하며 자세한 내막을 보도하지 말 것을 당부했다고 한다. 태업이 끝난 카와이는 18-19 시즌 토론토 랩터스에서 MVP 모드를 구가하고 있다.

런 조용한 리더십 속에서 유럽에서 건너오거나 하위 리그에서 발탁된 동료들은 각자 자기만의 장점과 역할로 날카로운 톱니바퀴가 되어 정교한 스위스 시계처럼 돌아갔다. 이것이 자본이 지배하는 세상에서, 또 리그 최고의 스타들이 편한 승리의 길을 찾아 이합집산을 거듭하는 요즘 세태에서, 지난 20여 년간 매년 우승 후보로 손꼽히는 스퍼스만의 생존 방식이자, 팀과 선수와 팬 모두가 공유하는 가치관과 신뢰다.

팀 던컨은 이겼을 때나 졌을 때나 늘 평정심을 유지하는 것으로 유명했다. 절대로 패배에 절망하지도, 승리에 도취되는 법도 없었다. 포포비치의 표현에 따르면 던컨의 항상성은 "스퍼스의 모든 선수들을 평평한 지평선에 있게 했다." 무려 19년이나 지속된 이런 문화와 정신이 내가 스퍼스와 함께 일상을 보낼 수 있었던 가장 중요한 이유였다. 단 한 번의 예외가 있었는데 2014년, 르브론을 제압하고 7년 만에 우승을 확정지은 순간, 서른아홉 살의 베테랑 팀 던컨(211센티미터)은 관중석에 있는 데이비드 로빈슨(216센티미터)에게 달려가 아이처럼 폴짝 매달려 안겼다.

그런 팀 던컨이 지난해 시즌이 끝나고 구단 홍보팀에 달랑 이메일 한 통을 보내며 은퇴 의사를 밝혔다. 정말로 그다운 방식으로 역사상 최고의 파워포워드의 퇴장을 밝혔다. 같은 해 은퇴한 코비 브라이언트가 시즌 내내 은퇴 투어를 돌고, 마지막 경기에서 오바마가 패러디해 더욱 널리 알려진 그 유명한 '맘바 아웃' 퍼포먼스를 남긴 것과 정말 대조적이다. 그러나 던컨의 바람과는 달리 영구 결번 행사 때문에 어쩔 수 없이 조촐하게나마 은퇴식을 갖게 됐다.

이 자리에서 팀 던컨과 19년간 영광의 시대를 함께 보낸 영혼의 듀오 코치 팝은 제자이자 팀에서 가장 의지했던 동료인 팀 던컨을 떠나보내며 "19년 동안 아침마다 호텔방으로 당근 케이크를 배달하는 일이 끝났다"는 특유의 시니컬한 유머로 시작해 돌아가신 팀 던컨의 아버지가 자신에게 남겼던 부탁에 대한 답으로 오랜 전우에게 최고의 감사를 표했다(참고로 부연하자면 던컨의 아버지는 문밖으로 걸어 나가는 아들을 가리키며 포포비치에게 자신의 아들이 시간이 지나도 저기 저 문으로 걸어가는 사람과 똑같은, 성공에 우쭐하지 않는 한결같은 사람이 될 수 있도록 잘 보살펴달라고 부탁한 적이 있다).

"이 말은 제가 팀 던컨에게 해야 하는 말 중 가장 중요한 이야기입니다. 전 돌아가신 던컨의 부모님에게 정직하게 말씀드릴 수 있습니다. 저기 지금 앉아 있는 저 사람은 그때 문으로 걸어가던 그 사람과 완전히 똑같은 사람이라고 말입니다."

　이런 던컨의 한결같음이 곧 스퍼스다. 내 일상과 스퍼스가 동조할 수 있었던 이유다. 스퍼스는 20여 년간 정상의 자리에 머무르며 퍽퍽한 현실을 돌파하는 관성의 힘을 증명했다. 늘 변함없이 그 자리에 머물고 싶어 하는 내 롤모델이 되어줬다. 까마득한 후배인 팀 던컨을 보좌한 제독이나 마누 지노빌리, 토니 파커, 카와이 레너드가 팀을 이끌 수 있게 든든히 뒤를 받쳐준 팀 던컨은 서사적으로는 신화에서의 아버지 자리를, 한 팀에서 선수 생활을 마무리 짓는 전통은 비정한 비즈니스의 세계를 초탈한 무사도와 맞닿아 있다. 이러한 이타적인 마인드를 가진 선수들이 펼치는 수준 높은 농구는, 지난 20년간 미국 프로 스포츠 사상 가장 위대한 팀, 'Quiet Dynasty' 팀 스퍼스를 만들었다. 이들이 빚어낸 완벽한 심포니는 매일매일 늘 그 자리에 있는 내 평온한 일상의 동반자이자 또 하루를 항상성 있게 살아갈 수 있었던 내 영혼의 박차다.

　+스퍼스의 돌격 대장 토니 파커도 17-18 시즌을

끝으로 17년간의 스퍼스 생활을 끝냈다. 스퍼스에서 한솥밥을 먹던 보레고 코치가 감독으로 임명된, 동네 후배인 니콜라 바툼이 있는, 그의 어린 시절 우상인 마이클 조던이 구단주인 샬럿 호니츠로 적을 옮겼다. 스퍼스는 코치직을 제안했지만 후배들을 위해 길을 열어주고, 자신도 선수 생활을 더 할 수 있는 길을 택했다. 이로써 지난 20년간 승률 7할에 네 차례의 우승을 합작한 팀 던컨, 마누 지노빌리, 토니 파커의 '빅스리' 시대가 막을 내렸다.

마누 지노빌리

일상이 소중한 이유는 결국 사람 때문이다. 일상의 항상성을 유지하는 이유도 혼자만의 외딴섬이 되고 싶다거나 경주마처럼 눈을 가리고 내 앞길만 보고 살자는 생각 때문이 아니다. 매일매일 하루하루를 늘 똑같이 보내려고 노력하는 것은 주변의 소중한 사람들이 늘 그 자리에 있길 바라는, 내 나름의 시간을 흘려보내는 방식이다.

내게는 커트 코베인을 경배했던 시절의 감정으로 염세적인 이메일을 주고받는 오랜 친구가 있다. 중동의 작은 나라에서 모험심 충만했던 미취학 아동 시기를 함께 보낸 친구로 지금은 베트남에 살고 있다. 1990년 전쟁 통에 급작스럽게 헤어진 이후 30여 년 동안 얼굴을 본 적은 다섯 번도 채 안 된다. 하지만 이런 단절 때문에 우리 둘 사이에서만 흐르는 시간이 존재할 수 있었다. 그 친구와 주고받는 이메일은 유년기 혹은 한창 문화적 자양분을 흡수하던 사춘기 시절로 돌아가는 티켓이다.

대략 5년여 전, 아버지와 마트를 간 적이 있다. 아버지가 엄마의 심부름 목록과 무관한 주류 코너를 들르기에 나도 레고를 구경하다가 하나 집어와 카트에 넣어도 되느냐고 여쭤봤다. 굉장히 관성적인 상황이었는데 십수 년 만에 진짜로 맞을 뻔했다. 그렇게 어깨 위에 올라온 아버지의 손에서 진심을 느끼기 전까지, 부모님과 대형마트에 갈 때마다 미취학 아동 시절부터 이어진 레고 진열대 앞에서의 실랑이는 반복되었다. 5년 전이니 그때도 서른이 넘은 나이였지만, 부모님과 나의 관계는 십대 시절과 별반 다르지 않았다(물론 부모님이 바라는 바는 전혀 아니다). 이렇게 변함없는 관계 속에서 살면서 반복되는 장면들을 공유하는 소중한 사람들의 존재는 내 삶을 지탱하는 든든한 울타리가 되어줬다. 이것이 변함없이 반복되는 하루에 감사하며 살아가는 이유다.

그런 내게 지난 15년간 늘 그 자리에 머물며 힘이 되어주는 특별한 사람이 있다. 사실, 어려서부터 누군가를 존경해본 적이 없다. 조금 더 커서는 여러 뮤지션들과 케빈 스미스, 테오 앙겔로풀로스, 리차드 링클레이터, 주드 애파토우 등을 애정 어린 시선으로 바라봤지만 그들의 작업물을 좋아할 뿐 개인적인 관심은 없었다. 그래서 공연장을 찾아가 환호를 해본 적도 없고, 직접 만나 사인을 받거나 사진을 찍을 수 있는 기회는 어떻게든 피했다. 구애할 것도 아니면서 좋아한다는 말을 하고 표정을 짓는 건 어색한 일이다. 구숙정이 홍콩 재벌과 결혼하면서 연예계를 은퇴했을 때도 담담했다. 그런데 딱 한 명, 환호하며 박수 치고 싶은 사람이 있다. 그를 보고 있자면 가슴에 뜨거운 불이 지펴지고, 벅찬 감동이 하와이의 파도처럼 밀려온다. 그와 함께할 때면 살아 숨 쉬고 있음을 깨닫는다. 기회가 된다면 기꺼이 사인을 받고, 심지어 포구할 의사도 있다. 우리 집 벽에 걸려 있는 유일한 초상의 주인공이며 옷장 속에는 그와 관련된 티셔츠가 스무 벌이 넘는다.

지난 15년 동안 내 심장박동에 박차를 가했던 열정의 결정체, 모두가 포기한 상황에서도 끝까지 할 수 있다는 불굴의 믿음을 꺼트리지 않는 아르헨티나 농구 선수 마누 지노빌리는 공허했던 내 청춘을 희망의 빛과 낭만으로 환히 밝혀준 인생의 등불이다.

아르헨티나의 농구 가문에서 태어난 1977년생의 지노빌리는 스물두 살에 이탈리아 리그로 진출, 4년 만에 전 유럽을 평정한다. 그리고 1999년 스물여섯의 늦은 나이로 무관심 속에 NBA에 입성한다. 당시 검은 장발을 휘날리며 '오비완'이라 불리던 그 시절부터 탈모가 와서 '속알머리'가 된 지금까지 스퍼스 유니폼만 입고 뛴 순정남은 그동안 팀에 네 번의 우승을 안기면서, 유로리그 우승과 올림픽 금메달, NBA 우승을 모두 경험한 역사상 유일한 농구 선수가 됐다.

　부에노스아이레스에 동상이 세워져 있고, 축구 스타 메시가 한때 자신을 축구계의 지노빌리라 불러 달라고 했을 정도지만 지노빌리는 이런 에피소드나 경력으로만 평가할 수 있는 수준의 선수가 아니다. 열정과 헌신, 그리고 독특한 리듬과 스타일은 사람들의 가슴에 불을 붙이고, 눈시울을 뜨겁게 붉히게 만들며 심장박동수를 높인다. 내가 가진 글재주로는 도저히 이 전율을 표현할 수가 없는데, 만약 샌안토니오에 갈 일이 있다면 '지노빌리' 이 한마디만 기억하고 가자. 그럼 최고의 환대를 받을 수 있다.

　마누 지노빌리는 언제나 최대한 어려운 길을 택하는 사내였다. 자신이 돋보이거나 쉬운 길을 걷는 걸 체질적으로 싫어한다고 할까. 최전성기에 팀 사정에 따라 식스맨으로 활약하며 후보 선수들을 이끄는 조련사 역할을 맡을 때도 아무런 불만이 없었다. 스타 선수에게선 좀처럼 찾아볼 수 없는 이타심을 엿볼 수 있는 대목인데, 마누는 개인 기록 따위는 신경도 안 썼다. 원하는 건 오직 승리였다. 마누를 유럽에서 데려온 포포비치 감독은 열여섯 번째 시즌을 함께하는 마누에 대해 "그는 우리 팀의 영혼이고 터프한 경쟁을 즐기는 선수다. 그 누구보다 지는 걸 싫어하는 선수다. 그리고 무엇보다 고마운 점은 데뷔 후 변하지 않고 항상 이 자리에서 팀을 지켜왔다는 것이다"라고 말했다. 이번 시즌 중에는 마흔이 넘은 마누를 '쪽쪽이'(노리개 젖꼭지) 같은 존재라고 표현했다. 연습장이나 경기장에서 지노빌리의 얼굴을 보면 안심이 되고, 보이지 않으면 찾게 된다고 말이다.

정확하게 같은 심정이다. 나도 마누를 보면 안심이 된다. 내 일상에 마누 지노빌리가 들어온 것도 언제 어떤 상황에서도 '할 수 있다'는 기대를 품게 하기 때문이다. 그는 슛을 던지지 않으면서도 게임을 지배할 수 있는 리그에서 유일한 선수다. 유럽에서 온 그가 퍼트렸다고 하여 유행하게 된 '유로 스텝'과 가랑이 사이를 파고들거나 코트의 끝에서 끝으로 뿌리는 기상천외한 패스들은 상대편에겐 지난 15년간 흑마술이었다. 그래서 그가 등장하면 경기의 흐름이 바뀌고, 함께하는 선수들의 자신감이 달라진다. 무조건 할 수 있다는 듯이 그 스스로도 모든 걸 코트에 쏟아붓고 불사른다. 말도 안 되는 순간 3점을 꽂아넣고, 결정적인 순간에 다른 선수들은 실패의 위험성 때문에 엄두조차 내지 않는 블로킹이나 슛으로 승리를 가져온다. 이것이 바로 그만의 특별한 '포스'고 현지에서 '오비완 지노빌리', '매드 사이언티스트'라는 별명을 얻은 이유다. 실제로 그가 머문 팀은 앞서 언급했듯이 모두 우승을 경험했다.

마누 지노빌리는 그런 사내다. 팀의 승리만을 바라는 스포츠맨의 순수한 열정, 어떻게든 할 수 있다는 믿음을 건네는 포스, 쉬운 길은 거부하는 자존심, 그런 그의 농구를 매일같이 지켜보다 보니 그 어떤 상황에서도 희망의 끈을 놓치지 않고 단단히 붙잡고 있는 나를 발견할 수 있었다.

무엇보다 마누가 특별하게 다가온 이유는 그의 존재가 관성의 힘을 증명하기 때문이다. 또다시 새로운 한 해가 시작되고, 한 살 한 살 나이를 먹어가도 그는 매 경기마다 동료와 관중과 팬들의 가슴에 불을 지피면서 팀의 성공을 지켜내고 있다. 긴 머리카락을 휘날리며 아크로바틱한 덩크를 꽂아 넣던 시절이나, 돌파 한 번 하면 기립박수가 터지는 지금이나 경기에 끼치는 영향력은 별반 차이가 없다. 절대로 떨어지지 않는 주윤발의 총알처럼 마누 지노빌리의 열정과 경쟁심은 흐르는 세월 속에서 고갈되지 않았다(심하게 진행된 탈모는 언급하지 않기로 하자). 철저한 몸 관리(우리로 치면 루틴 지키기)와 단단한 자기 확신을 바탕으로 끝 모를 투쟁심에 걸맞은 경쟁력을 유지했다. 이렇게 축적된 관성의 힘은 어린 선수들이 성장하고 팀이 위기를 버텨낼 수 있는 높고 튼튼한 울타리가 되었다. '마누와 아이들', '마누 클리닉'은 괜히 나온 말이 아니다.

꺼지지 않는 불꽃을 마음속 깊이 품고 늘 한결같은, 지속가능한 평온을 꿈꾼다. 이것이 내가 관성의 힘에 귀의하는 이유이며, 미국에서 활동하는 아르헨티나 농구 선수의 팬임을 고백하는 까닭이다. 마누 지노빌리가 내게 끼친 영향처럼, 늘 언제나 그 자리에 변함없이 머물러 있는 내 일상이 주변 사람들에게 든든한 울타리가 될 수 있길 바란다. 별다른 일 없는 나의 오늘 하루가 다른 누군가에게는 가슴에 불을 댕길 수 있는 벼락같은 지노빌리의 스텝백 3점숏이 되길 바란다.

언젠가 경기 중 리포터가 포포비치 감독에게 물었다. "전반에 마누가 많이 부진했는데 후반전에 어떻게 그가 팀을 살려낼 줄 아셨습니까?" 그러자 노감독은 대답 대신 한참을 멀뚱하게 리포터를 내려보다

시크하게 한마디를 남기고 돌아섰다.

"He is Manu Ginobili."

말로는 다 설명할 수 없는 사람, 그와 함께라면 뭐든지 할 수 있을 것 같은 선수, 그게 바로 마누 지노빌리다.

+2018년 8월 28일. 그러니까 내 생일에 지노빌리는 가족 여행에서 돌아와 트윗으로 16년간 행복했던 여정을 마치고 은퇴하겠다고 밝혔다. 팀 던컨이 이메일 한 통으로 은퇴를 발표한 것처럼 끝까지 비슷한 부류였던 거다. 아르헨티나 최고의 스포츠 스타 리오넬 메시는 물론, NBA 전현직 선수들이 이른바 SNS와 인터뷰를 통해 그가 남긴 유산과 열정에 대해 '리스펙'을 표했다. 그는 유로스텝의 전파를 시작으로 식스맨의 개념을 바꿔놓았다. 마누 지노빌리 이전까지 '식스맨'은 주전이 아닌 후보 선수를 뜻했으나, 이제는 전술적 의미로 받아들여진다. 팀 던컨과 마찬가지로 요즘도 스퍼스 훈련장에 종종 후줄근한 패션으로 출몰해 후배들을 돕고 있다. 참고로 마누 지노빌리의 NBA 통산 승률은 0.721이다. 16년간 10번 경기하면 7번은 이겼다는 뜻이다. 이는 1,000경기 이상 뛴 NBA 선수 중 최고 기록이다.

내게 주어진 단 하나의 방법

홍콩 반환을 앞두고 허무함이 깊게 밴 잿빛 도시, 그 속에서 살아가는 청춘의 공황을 다룬 프루트 첸의 〈메이드 인 홍콩〉(1997)을 보고 아파트 옥상에 올라가 수성못을 내려다보던 순간이 머릿속에 아직도 선명하다. 그런데 그 아파트는 이미 재개발됐고, 홍콩이 반환된 지도 이미 20년이 흘렀다. 그사이 우산혁명이 일어났고, 지금은 중국 본토 관광객들의 세상이 될 만큼 변했는데, 그 당시 우리 집 전화번호는 여전히 내 비밀번호의 주요 모티브로 남아 있다. 이런 장면들이 모여서 지금의 내 일상을 이루고 있다.

나는 성장과 변화와 발전에서 행복을 느끼지 않는다. 모든 순간들이 조금 더 오래 머물렀으면 한다. 어딘가에서 나와 함께했던 순간들을 켜켜이 쌓아두고 언제든 되돌아왔을 때 그 모습 그대로 반겨주는 존재가 있길 늘 바란다. 그래서 시간을 버텨내온 단단한 것들에 흥미를 느끼고 안정을 얻는다. 좋아하는 것들은 주로 오랜 시간 고집스럽게 살아남은 회사의 것들이고, 집을 고를 때도 기왕이면 낡은 집을 고른다(형편도 어렵고 하니).

안 그래도 시간은 붙잡히지 않고 흘러가는데, 성장과 변화라는 그럴듯한 포장지는 세상살이를 더욱 외롭게 만든다. 철옹성 같은 아파트 단지나 드라이비트를 두른 빌라촌으로 변해가는 골목길이 안타깝고, 부동산 시장에 점점 더 관심을 갖게 되는 나 자신이 가끔 안쓰럽다. 고교 시절부터 삼십대 후반까지 응원했던 팀 던컨의 마지막 뒷모습을 보면서 한 시대가 또 저물고 있음을 실감할 때면 몸에 나쁜 줄 알면서도 늦은 밤 탄산음료를 페트병째 비우게 된다.

시간이 흐르고 모든 것은 변한다. 일상도 마찬가지다. 언제나 늘 그 자리에 있는 것 같지만 실은 스타벅스나 스마트폰이 어느새 스며 들어와 마치 원래부터 있었던 것처럼 자리를 잡고 있고, 행선지별로 다른 색깔의 지하철 표를 날려주던 아저씨와 가방 속에 자리하던 CDP는 어느 순간 사라졌다. 나는 얼마 전까지도 여전히 월세를 걱정하고 지하철을 이용했는데, 친구들은 어느새 가정을 꾸려 아파트에 살고, 지하철 타는 일을 오히려 어색해했다.

아무렴, 어떤 짓을 해도 시간은 멈출 수가 없다. 그 속에서 우린 어떻게든 변화한다. 하지만 나는 돌아올 여름을 맞으며 지난여름에 느꼈던 감정을 또다시 느끼고 싶고, 그 뜨거운 바람과 연관된 이야기들이 다시 반복되길 바란다. 세월이 흘러도 부모님은

언제나 머릿속에 있는 건강한 모습 그대로 머물러 계
셨으면 좋겠고, 살면서 마주했던 여러 행복한 순간들
을 먹고산다는 이유로, 아니면 운이 좋아서 배불러졌
다고 잊어버리고 살지 않기를 빈다. 그래서 최대한
시간을 붙잡으려 노력했고, 시간의 속도를 최대한 늦
출 수 있는 일을 찾아 나섰다.

　　돌고 돌아오는 계절처럼 매년, 매월, 매일 똑같
은 삶을 반복하는 변화 없는 일상을 꿈꾸게 됐다. 이
따금 뒤돌아보며 아스라함을 느낄 게 아니라 내가 그
냥 그 자리에 머물면 되는 거였다. 그래서 매일 똑같
은 일이 반복되는 일상을 유지하는 삶을 살고 있다.
흐르는 시간에 맞설 수 있는, 내게 주어진 단 하나의
방법이다. 그러다 보니 온갖 루틴과 기억들로 가득한
나만의 세계를 살게 됐다. 파도에 순응하지만 서퍼처
럼 내 스스로 중심을 잡고 싶다. 내 주변에는 없지만,
분명 어딘가에 흘러가는 시간을 자기 식대로 마주하
고 붙잡으려는 사람이 있을 것이다.
　　돌아보니 하루하루 흘러가는 시간을 되도록이
면 외면하면서 커져가는 책임감을 유예하고 싶었던
것 같기도 하다. 솔직히 말하자면 내 삶에서 계속되
고 있는 여러 '계속'들에 대한 이 글을 쓰기 전까지

나는 한 번도 내 일상의 모습에 대해 생각을 해본 적이 없었다. 그냥 그렇게 살고 있었달밖에. 어쩌면 나는 내가 누렸던 행복들을 계속 그대로 붙들고 싶었던 것 같다. 그래서 이 책은 평생 같은 곳에 머물고자 애쓰는 사람의 이야기다. 지금이 늘 가장 행복한 순간이 되길 바라는….

평화로운 일상을 구축하는 데 큰 울타리가 되어준 회사의 사장님을 비롯한 여러 마음 넓은 상사와 동료들, 늘 안타까워하면서도 자식으로 가족 구성원으로 품어주는 가족들에게 깊은 감사의 말을 전하면서, 이 글이 당신의 일상을 점검하거나 지난 시간을 마주할 그 어떤 기회가 되었으면 좋겠다.

나를 만든 세계, 내가 만든 세계
'아무튼'은 나에게 기쁨이자 즐거움이 되는,
생각만 해도 좋은 한 가지를 담은 에세이 시리즈입니다.
위고, **제철소**, **코난북스**, 세 출판사가 함께 펴냅니다.

아무튼, 계속

초판 1쇄 2017년 12월 12일
초판 11쇄 2024년 9월 15일

지은이 김교석
편집 김아영, 곽성하
디자인 일구공 스튜디오
제작 세걸음

펴낸곳 위고
펴낸이 이재현, 조소정
등록 2012년 10월 29일 제406-2012-000115호
주소 경기도 파주시 돌곶이길 180-38 1층
전화 031-946-9276
팩스 031-946-9277

hugo@hugobooks.co.kr
hugobooks.co.kr

ⓒ김교석, 2017

ISBN 979-11-86602-34-8 02810